おちゃめな生活

あなたの魔法力を磨く法

田村セツコ

Setsuko Tamura's carefree life

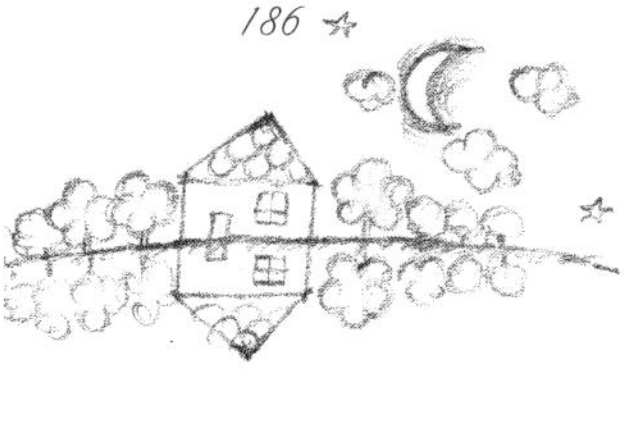

はじめに

辛いなぁ。悲しいなぁ。どうしたらいいかしら。
そんな人生のピンチが訪れたときは……
「この場合はこれね」「それともこれかしら」
そんな風に、ひみつの引き出しの中から
お薬のように調合して、処方してみましょう。
その引き出しの中にいっぱい入っている
〝大好き〟なもの、my favorite things のかけらたち。
それはほんのささやかなものかもしれません。
他人にはぴんとこないものかもしれません。
けれど、それは「あなた」が好きなもの。
忘れてしまったものを見つけ出し、そのキキメに気づくかもしれません。
この本の中には私の引き出しの中から、
大好きのかけらをいくつかご紹介してみました。
あなたと似ているところがあるかもしれません。
だったらうれしいです。

Setsuko Tamura's carefree life

Chapter 1
魔法がいっぱい

魔法の儀式

物語の主人公って、みんな自分なりの儀式《ぎしき》を持っているでしょう。それは、自分が自分であるためのものだったり、自分を勇気づけるものだったり。「儀式」によって、自分で自分に魔《ま》法《ほう》をかけるのかもしれません。

わたしの1日の儀式を簡単にご紹介しますね。

朝は、たいてい6時頃には目が覚めますが、急に起きたりしないで、お布《ふ》団《とん》の中でゆっくり深呼吸《しんこきゅう》してから起きるようにしています。ピョンとはね起きないって大事なことらしいのね。バタバタして起きないように、ゆっくりと。

起きたらまずお水をひと口飲んで、お湯を沸かします。そして、コーヒー、紅茶、日本茶をカップにそれぞれ淹《い》れて、「どれでもどうぞ」って感じで並べておくんですね。自分の楽屋《がくや》で自分をもてなす、そんな感じでしょうか。

それから、みんなへのごあいさつ。

キッチンの一角に、写真やゆかりのものを並べて作った小さな「祭壇《さいだん》」があって、そこには、家族だけでなく、お世話になった人の名前を小さなカードに書いて置いてあるの。キッチンに祭壇があるのは、毎日使うところだから、忘れるということがないから。ひとりひとりの名前を見ながら、その前で、カラカラと音のする外国のお人形を振って、

「お父さん、お母さん、H子、♡♡さん、☆☆さん、ラッキー……おはようございます！」

とあいさつするんです。このときは、その人のイメージも思い浮かべながら。ささやき声だけど、ちゃんと声に出してあいさつします。

たとえば、父へのあいさつは、顔を思い浮かべるだけじゃなくて、わたしに与えてくれたたくさんの恵みや、勤勉《きんべん》、実直《じっちょく》でまじめすぎるくらいだった人柄を思い出しながら「まじめで嬉しい」、母へのあいさつは、「率直《そっちょく》でおちゃめなところがすてき」とかね。

そこにからだはないけれど、私の心にはまだまだみんなの余韻《よいん》がたくさん残っているんです。

この「おはようございます」のあいさつで1日が始まるのですが、決めごとは、あいさつだけで、頼みごとはいっさいしないということ。だって、これまでさんざんお世話になったのだから、亡くなってまで負担をかけないようにしなくちゃ。

朝だけじゃなく、出かけるときは「行ってまいります」、夜、寝るときは「おやすみなさい」とあいさつします。

こちらからの一方通行《いっぽうつうこう》なのに、ふんわりと心が通じ合うような感じがあります。だから、あいさつしたあとは感謝《かんしゃ》の気持ちに包まれて、さぁ、今日も1日がんばろう！　と思えてくるんです。こうしたあいさつもまた魔法ね。

それから朝食。冷蔵庫をあけて、たまご、煮干《にぼし》（小さいもの）を取り出して、お料理に取りかかります。最近のお気に入りのレシピをご紹介しますね。

フライパンでカラカラって小魚《こざかな》をから煎《い》りします。そこにみじん切りの玉ねぎとかピーマンとかを入れて、カラッとしたところにオリーブオイルをジャーッと入れてかき混ぜて、最後にたまごを割り入れます。

そこに、冷蔵庫に保存している玄米《げんまい》のボールを入れてスパニッシュオムレツ風に仕上げ、つけあわせの野菜を並べたお皿の上にのせて、好きなものをふりかければできあが

MAJORQUE
COLETTE

り。

トッピングは、煎《い》りゴマとか胡桃《くるみ》とか、手作りのソースとか、そのときにあるものでOK。

簡単でしょ。

それを食べながら、新聞を読んで、テレビ――っていっても小さなものなんだけど――を伴奏につけて、ニュースを見ながらの朝食時間。昔から、ながら族なんですね。

朝食を味わいながら、「こうして朝食を食べることができるわたしは、なんてしあわせなんだろう」って自分に声をかけます。どんなささやかなことだったとしても、喜びを見つければ、それがしあわせな1日を運んできてくれるんじゃないかしら。

食事をすませたら、机に向かって仕事をスタート。といっても、その前に、資料でぎっしりの、にぎやかな仕事スペースの書類の山を乗り越えなくては。

書類の山を見ると、どうして片づけられないのかしら、と思うんだけど、エリック・サティのエピソードを思い出して、都合よく自分を励ましたりしています。

エリック・サティが亡くなったあと、部屋に入ったらほこりだらけで、至るところ書類がうず高く積まれていて、友人たちが唖然《あぜん》としたらしいんです。そのことを思い出して、片づけないくらいどうってことないわよ、って、自分の状況の言い訳にしているんです。断捨離《だんしゃり》とかお片づけとか、わかっているんだけど、モノが捨てられないんですもの。あっ、これは使える、とか思ってしまうのね。

それはともかく、締《し》め切《き》りカレンダーを見て、段取りを考えながら、まずは急ぐ仕事から始めます。そして、延び延びになっていた手紙の返事を書いたり、個展のための絵を描いたり。仕事が重なっているから、同時進行で三つくらいの仕事をするんです。

そんなわけで、部屋のなかは、絵の具や資料でゴチャゴチャなんだけど、そんな景色が、昔、ホテルで缶詰《かんづめ》になっていたときと似ているのね。じつはわたし、缶詰になるって大好きなんです。だから、これってあのときと同じじゃない、と思えてきて。すると、自己嫌悪《じこけんお》から免れられます。

こんなふうに、お気に入りの思い出に助けられたりもしながら、いいイラストが描けますように、って祈りながら仕事をします。

それから、打ち合わせや会合があったりすると出かけます。

夜は、なるべく早くベッドに入るようにしています。病に倒れたことのある方から、午後10時から午前2時までは脳にとってのゴールデンタイムで、なるべくその時間にベッドに入るといいとお医者様に言われたってことを教えていただいたんです。そのことが頭の片隅にあるので、夜は10時頃にはベッドに入ることを目標に。

若い頃は、しなくちゃいけないことをその日のうちにすませちゃったほうが気持ちが楽だしと思って、睡眠時間を削ってでも「すませる」ことを優先したりもしたけれど、今は、睡眠時間を大切にしようと心がける日々。

流行作家の方が「大変だ、締め切りに間に合わない。まず寝よう」とおっしゃったってエピソードを小耳にはさんだことがあるのだけど、ピンチのときはまず眠る、ってすごいし、大物だなぁ、って思います。疲れるようなことはいっさい排除《はいじょ》して、夜は眠る、って決めたらパタッと眠れちゃうらしいんですって。締め切りが迫っていたりすると、心配で頭がズキズキして眠れなかったりするじゃない。そう思うと、自分で決めてそれを実行する、そんな意思の力に憧《あこが》れます。これは参考にさせていただかなくちゃ。

考えてみれば、どんな1日にするか、ってことも、目覚めたときからそこには意思の力が働いているのよね。しあわせだってそう。しあわせな1日にしよう、って決めたら、そんな1日になるんじゃないかしら。

想像力は魔法のパワー

勉強の合間に、ノートの隅っこやいらない紙に落書きをするのが大好きな女の子でした。描くのは、「わたしの好きなドレス」とか「憧《あこが》れの少女」の絵。たてロールの髪に大きなリボンをつけた長いまつげの女の子が、たっぷりの布を使ったプリンセス・スタイルのドレスを着て、うっとりと星空を見つめている……そんな絵を描いていました。それからまた、セルロイドの筆箱《ふでばこ》に綿を敷いて、そこにハッカの香りをつけてみたり、緑色のガラスのかけらをほんもののエメラルドということにして、そっと小箱にしまったり。そんなことも大好きでした（あなたもきっと？）。

そんなある日、父が1冊の本を買ってきてくれました。それはクッキーのような色の表紙の『赤毛のアン』（モンゴメリ著　村岡花子訳　三笠書房）でした。

孤児院《こじいん》育ちのアン。そばかすの浮かんだ小さな顔、ほっそりとしたやせぎすのからだ。

大きな目は灰色がかった緑色で、夢みるときは宵《よい》の明星《みようじよう》のようにきらめくという女の子。でも、髪が赤いのが悩みの種。このために、どうしても完全に幸福になれない。他のことは何でも想像力でおぎなうことができるのに、という女の子。

ちょっといつものヒロインと違うわ。なんだかとっても面白そうな女の子！

わたしのらくがき集には、さっそく、赤毛のそばかす少女が登場しました。

不満がいっぱいに感じられたあの頃、

「あんまり素晴らしいと想像《そうぞう》の余地《よち》がなくてつまらないわ。貧乏な人のしあわせのひとつは、たくさん想像できるものがあるというところね！」

というアンの言葉で目が覚めたわたし。想像力という透《す》きとおった翼《つばさ》があれば、この世はちっともこわくない。自由自在に飛んでゆけるんだってことを知ったことは、人生の大きな収穫《しゆうかく》でした。しかも、この想像力は涸《か》れることがありません。

当時のわたしの日記帳のとびらには、

ほんとうに欠点だらけのわたしだけど、
自分の手で刈り込みをしたり、
枝をひろげたりしてまいりましょう

と、リボンのついたはさみの絵とともに、殊勝《しゅしょう》（?）な心がまえが書かれています。

魔法は身づくろいをすること

アメリカの作家、ポール・ギャリコの『ジェニィ』（古沢安二郎訳　新潮文庫）という小説があります。これは、猫が大好きなポール・ギャリコが、1匹のメス猫に永遠の女性の姿を託して書いた大人の童話です。

タイトルにもなったジェニィは、賢くてすてきなメス猫の名前。このジェニィは、実にしなやかな哲学を持っていて、それが本当に魅力的なの。

そんな哲学のひとつは「身づくろいすること」。

「疑いが起きたら――どんな疑いにせよ――身づくろいすること」（中略）

「もしあんたが何か過《あやま》ちをしでかすとか、人に叱《しか》られたような場合――身づくろいするの」と彼女は説明した。「もし足をすべらすとか、何かから落ちるとか、誰か

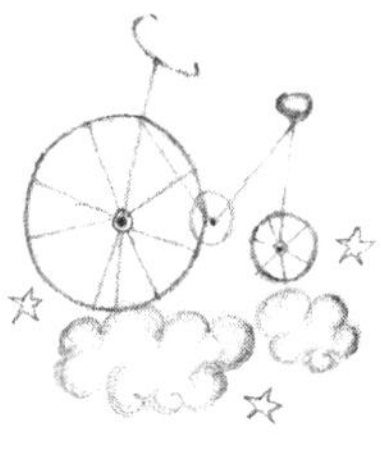

に笑われたような場合――身づくろいするの。もし誰かと議論して負けるとか、自分が落ちつくまで、敵対行為を一時中止したいと思ったような場合、すぐ身づくろいを始めるの。これはよく覚えておいてちょうだい――どんな猫でも、相手の猫が身づくろいしているあいだは、妨害しないものなの」

「あんたがかんかんに腹を立てたような場合――ちょっと身づくろいをすれば、そんなことは忘れてしまうものなのよ。（中略）また悲しい気持になったときだって――身づくろいをして、ふさぎの虫を追い払ったらいいの」

ジェニィの身づくろいの効用《こうよう》はまだまだ続き、感情が高ぶって参ってしまったような場合や、自分を取り戻したいとき、うっとうしさを吹き払いたいとき、ひと休みしたいとき、ものごとを考えてみたいと思ったときや疑いが起きたときは、とにかく「身づくろいをすることよ！」と、猫になってしまった人間の男の子に教えます。

このジェニィの哲学って、人間にも立派に通用すると思いません？　疑いが起きたり、腹を立てたり、悲しい気持ちになったりしたときは、その気持ちにどっぷりと入り込むのではなく、まず身づくろい。

深呼吸したり、襟元《えりもと》を直したり、口紅《くちべに》を塗ったりすることで気分が変わり、いつの間にか、あれ、なんであんなに腹を立てていたのかしら？　って思えてくることがあるように、まずは身づくろい。

実家の庭にやってくる野良猫《のらねこ》のクルミちゃんは、どんな嵐の日も、大雪のあくる朝も、ハラハラするわたしの前に、どこからかキョトンとした丸い目で、つやつやの毛並《けな》みで、ヒラリとあらわれるんです。「すごい。クルミちゃん、大丈夫だった？　エライのね」と感心すると、花びらのような舌をペロリ。身づくろいはお手のもの。しなやかに強く、1枚の服を着こなして、4シーズンOKで、へっちゃらです。

ゆるふわの魔法

あるお医者様がおっしゃっていました。毛糸がからまってしまったら、無理にひっぱったりしないで、まずは手でふわっふわにゆるめてからほぐすと、からまりがとれやすくなるのだそうです。

仕事でも、人間関係でも、自分の状況でも、少しこんがらがってしまっているかも、と思ったときには、このゆるふわの魔法をイメージして、深呼吸《しんこきゅう》をしてみたり、おまかせでいきましょう、と思うことにしています。

するとどうでしょう。ほぐそうと躍起《やっき》になっていたときには思いもしなかった、ふんわりとした空間が生まれて、そこに、おちゃめとかお気楽といった遊び心を、妖精《ようせい》たちがせっせと運んできてくれるのです。

昔のお姫様《ひめさま》のお部屋というのは、柱も、調度品《ちょうどひん》も、すべて優美《ゆうび》な曲線《きょくせん》を持たすように作られていたと聞いたことがあります。そこには、お姫様の心の持ち方や所作《しょさ》への願いも込められていたのだそうです。丸いものに触れることで、人は、やさしい、平和な気持ちになれるって、わかっていたのでしょうね。

心がとげとげしくなってしまったり、人生が混乱してしまったら、丸いものをイメージして、悩みをふわっふわにゆるめてみましょう。そうすると、角《かど》がとれて風通しもよくなって、しめしめ。心とからだがゆるんだほうが反応も早くなるって、運動科学の先生もおっしゃっていましたっけ。

工夫は楽しい

終戦は七歳のとき。疎開先《そかいさき》で迎えました。

もう耳にタコができたって言われるかもしれませんが、当時は本当にモノのない時代でした。だから、あるモノを工夫して生きていかなきゃならない。衣食住、全部そうでした。当時はそれがあたりまえだったんですね。

お母さんたちは、自分の着物をほどいて、子どもたちのワンピースを作ったりね。わたしの母もそうでした。

当時、わたしは7歳の子どもだったからか、モノがないってことを悲しいなんてぜんぜん思わずに、1枚のセーターのボタンを付け替えたり、替《か》え襟《えり》を別の布で作ったりして、何とおりにも楽しんでました。お友だちに「それ新しいの？」、なんて訊《き》かれると、「この間着てたセーターのボタンを取ったのよ」とかね。セーターに毛糸で首飾りのような刺《し》繍《しゅう》をしてみたり、いたずらがいっぱいできて楽しかったの。

もちろん、フリフリのスカートとか、リボンがついた靴とかに憧れはあったけれど、そういうものはミカン箱に千代紙を貼った机が、すべて引き受けてくれました。机に頬《ほお》杖《づえ》ついて想像したり、紙とエンピツさえあれば自由自在!! 絵を描いて楽しんでいれば十分だったんです。子どもって面白いわね。暗い世相《せそう》でもめげないの。この経験が後の人生や仕事にとても役立ちました。

今、お店に行くと、お金さえ出せば、お姫様になれるような洋服がいくらでも買えるでしょ。それはそれで楽しいと思うんですけど、うらやましいとは思いません。お金さえあれば何でも買えるから、想像や工夫の余地がなくて、かわいそうだと思っちゃう。豊かになったり、お金をかせいだりするようになったら、いいものをいっぱい買って楽しもうとか、そんなふうには思わないんです。工夫してアレンジすることそのものが、身についているのね。

今でもコウモリ傘の布の部分を使ってスカートを作ったりして、楽しんでいます。「その年になってもそんなことしているの?」って言われるんだけど、それがとっても楽しいんですもの。

料理や飲み物でもそう。ありあわせのもので工夫するってことが、笑っちゃうくらいにからだにしみついてるわけ。でも、それがみじめでも何でもなく、とても面白いのね。

ウチワだって魔法のツール

マネージャーもアシスタントもいないから、すごく雑用も多いのね。何でも自分でやらなきゃならないから大変。頭が悪いっていう説もあるんだけど。それでも、雑用もプラスにしていこう、っていつも思っています。自分を励ます意味も込めて。

たとえば、雑用を絵の具と考えたら楽しいわね。いろいろな色をイメージして、この用事は赤、この用事はピンク、この用事はブルー、って色分けしてみると、たくさんの色彩に変わって、楽しいものに思えてくる気がします。

昔から、ありがたい言葉とか大好きなんです。「整理《せいり》整頓《せいとん》」とか「偏食《へんしょく》しない」「締《し》め切《き》り厳守《げんしゅ》」「仕事は目に見える愛である」「チャンスこそが報酬なんだよワトソン君」「生きてるだけで人はみんな芸術家」「大切なものは目に見えない」「セ・ラ・ヴィ」「エスプリ」「Play」とかね。自分で自分にお説教《せっきょう》するのが好きなのかもしれません。

今は夏だから、そういう言葉をウチワに貼って楽しんでいるんです。言葉だけじゃな

となく、写真とかもコラージュして。なかには、他人が見たら、何のこと?! とピンとこない暗号《あんごう》のような言葉もあるんだけど、さり気なく扇《あお》ぐたびに、書いた言葉や貼ったものが目に飛び込んできて、心がやわらかくなったり、肩の力が抜けて楽しくなったり。扇ぐたびにウチワに励まされるっていうのも面白いでしょ。

簡単、簡単、3日でパパッと！

ずいぶん前の新聞で、グラフィック・デザイナーの里見《さとみ》宗次《むねつぐ》さんの記事を読みました。タイトルは、〝「簡単、簡単」3日でひと仕事〟というもの。

これは里見宗次（1904［明治37］～1996年［平成8］）さんが、まだご存命の頃の新聞記事です。

里見宗次さんは、大正時代に渡仏し、パリの美術学校を卒業して、国際的に活躍されたデザイナー。ムネ・サトミ（Mounet Satomi）の名でも知られ、ゴロワーズ（フランス製たばこの銘柄）のポスターなど、数々の賞をとられた方です。

新聞記事によると、賞をとったそのデザインは、依頼を受けてから3日後には3種類の図案を完成させ、そのうちのひとつを広告主に選ばせた、とありました。

「引き受けた以上は、3日後に仕上げます。簡単、簡単という気持ちを持って、パパッとやらないとね」

「色やテーマが決まったら、あれこれ悩まずに俳句のつもりで文字を考えるんです」


とのこと。


これって、魔法の呪文《じゅもん》のようじゃありません？

「簡単、簡単、3日でパパッと！」

何度もつぶやいているとパワーが満ちてきて、まるでおまじないの言葉みたい。

仕事の依頼を受けたら、自分にそう言い聞かせましょう。

「簡単、簡単、3日でパパッと！」

不思議な薬

ある夜、小さなパーティーに行く途中で、美しいお月さまを見つけました。澄みわたった深いブルーの空に、ぽっかりと丸い月が銀色の生きもののように浮かんでいました。

会場に着き、友人たちに思わず、「きれいなお月さまだったわね」と言うと、「あら、お月さまなんて出てた？」とか、「だいたい、空なんか見て歩かないもの」という人がほとんど。「腕時計は見たけれど」と笑われてしまいました。あとから来た人にも、「お月さま？　見なかったけど」と言われてしまいました。

たしかに忙しいなか、会場に向かって急ぐとき、ふつう、空なんか眺めないものなのでしょうね。もったいないけど、まあいいわ。まぶたの裏の、大きな、まん丸いお月さまは、いつまでも消えませんでした。

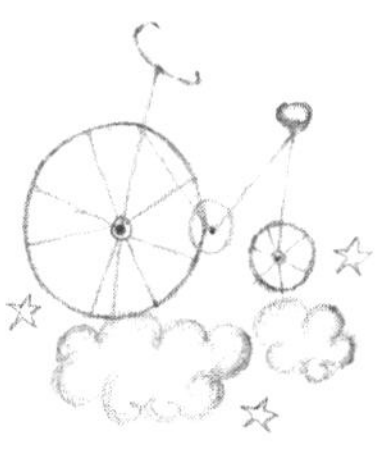

父が入院していた頃のこと。見舞って帰る道で、ひとりの女性に会釈《えしゃく》されました。歩きながらお話ししていると、その人は、「入院中の大の病状が軽くなって嬉しい」とおっしゃいました。瞳がキラキラと輝いています。じつは、旦那《だんな》さまはとても重症だったそうです。

「もう、思いつめて、いのちとか魂《たましい》とか、そんなことばかり考えていました。そんなとき、チベットの人々の暮らしと考え方を、ふと、知ったんです。テレビだったかしら」

人は死んでも生まれ変わることができる。死ぬということは、単に肉体、つまり魂の容《い》れもの、衣服が古くなるようなもの。魂は自由に生き続ける。軽々と、飛ぶように生き続ける。衣服は、新しく着替えることができる。

この世で恋人であった人が、今度は自分の子どもとして生まれてくることもある。人間には計り知れない不思議なことが、この世にはいっぱいある。だから、死ぬのはちっとも恐ろしくない。

死んでゆく人には、熱い心で「じゃ、またね」とあいさつすればいい、etc.

こうした考え方を胸にしまって、まるで〝お守り〟のように持つことにしたそうです。

以前は、旦那《だんな》さまの病状を心配するあまり、お化粧なんてとんでもないと、髪もとかさず、やつれた顔で見舞っていたそうです。それは愛が強いからにちがいありませんでしたが、「魂は不滅《ふめつ》」というお守りを持ってからは、落ち着いた気持ちになり、髪もととのえ、お化粧も心がけました。お化粧って不思議です。

すると、ひとりの女性として、明るく、あたたかなパワーがぼうっとからだをとりまき、動きもどこかふんわりと軽くなったようです。そして、悲しげにひそめた眉《まゆ》もまろやかにひろがり、表情がやわらかくなってきました。

旦那さまは、

「来てくれる人が誰でも彼でも気の毒そうな顔をするので、こっちまで憂鬱《ゆううつ》になってしまう。君の顔を見ると、救われるよ」

とニッコリしたそうです。

それからは、辛い面会時間が心楽しいものとなり、それが不思議なお薬として効果を発揮するらしく、病状もずいぶん、快方に向かっているとのこと。

「とっても不思議なの」と奥さまは少女のように若やいで、辛いときにおしゃれをすると、悲しみがやわらぐこと、心に余裕が生まれること、仕事がはかどること、自分も健康になれることを語ってくれました。

じつは、彼女から会釈されたとき、一瞬誰かわからなかったのですが、それほどイメージが変わっていたのです。

「あそこ見て」

彼女の指さす空に、銀色の舟のようなお月さまが浮かんでいました。

「あの形は受け月って言うんでしょう。願いごとをするとかなうんですって」

わたしたちは黙ってお月さまを見つめました。

Setsuko Tamura's carefree life

Chapter 2

街をお散歩すると、ふりそそぐものがいっぱい

小さな「好き」をいっぱい集めた移動式日記帳

いつでもどこでもメモができるように、大切なことを見落とさないように、英単語を暗記するときに使う単語帳に紐《ひも》を通して首にかけています。すてきな言葉、わくわくすること、ときめくこと、に出会ってビビッときたら、ここに書きとめるんです。人と話しているときも、「なるほど!」と思うことがいっぱいあって、そんな「なるほど」や、写真の切り抜き、映画やお芝居のチケット、リボン、レースなども。日々、出会う「すてき」が、このなかにギュッと詰まっています。

1冊ができあがると、コラージュしたりして表紙を飾り付け、幅1メートルはある船旅用のトランクにしまって。このトランクのなかには、そんなわたしの宝物がいっぱい詰まっているんです。

映画「サウンド・オブ・ミュージック」のなかで、雷を怖がって子どもたちがジュリー・アンドリュース扮するマリア先生の部屋にやってくる場面で歌われる「私のお気に

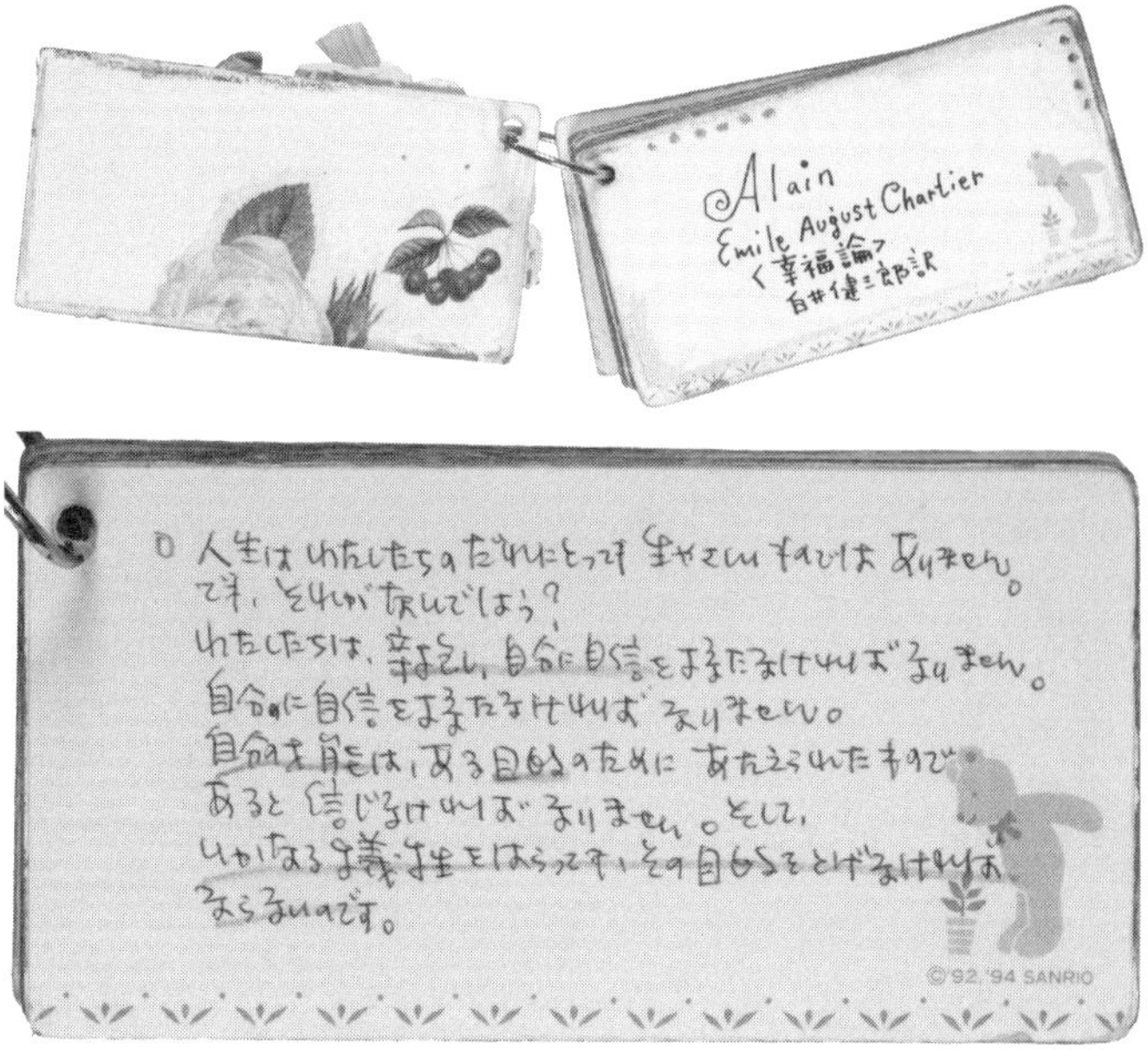
Alain
Emile August Chartier
〈幸福論〉
白井健三郎訳
人生はわたしたちのだれにとっても生やさしいものではありません。
でも、それが何んでしょう？
わたしたちは、辛抱強く、自分に自信をもたなければなりません。
自分に自信をもたなければなりません。
自分の才能は、ある目的のために与えられたものであると信じなければなりません。そして、
いかなる犠牲をはらっても、その目的をとげなければならないのです。
©'92, '94 SANRIO

入り」（原題は、"My Favorite Things"）という歌。

犬に嚙《か》まれたり、蜂に刺されたり、悲しくなったりしたとき、お気に入りのものを思い出す、そうすればたちまち気分は元どおりに。そんな内容の歌なんだけど、そのお気に入りというのが、薔薇《ばら》の花のしずく、子猫のヒゲ、磨《みが》いたケトル、蝶々《ちょうちょう》むすびの贈り物といった、日常の細部にひそむ宝石のきらめきの数々。キラキラがいっぱい詰まった小箱をあけたみたいで、すてきなんです。

この歌のように、小さなお気に入り、ごく、ごく小さな好きをいっぱい集めた単語帳は、読み返すだけでしあわせな気持ちになれる魔法のツール。そして、たとえ悲しいことがあったとしても、単語帳を開くと、たちまち気分は元どおりに。

文字だけじゃなく、絵もサラサラッって書いて日付を入れると、世の中でいちばん小さい絵日記にもなります。

ネックレスのようにいつも首にかけているので、電車のなかでも、カフェでも、どこでも、そっと開けば、そこから、自分で収集した「好き」が妖精《ようせい》のようにいっぱい飛び出してきて、励ましたり、応援してくれるんです。

ひらめきのかけらを集めた日記が友だち

日記をつけるようになったのは、小学生の頃から。父の転勤《てんきん》で小学校を四つくらいかわったので、親友《しんゆう》に恵まれないなぁ、と思って。何でも正直に話せる本当の友だちとしてつきあおうと思って、『アンネの日記』みたいに、日記を親友にしたんです。それが習慣になり、続けるうちに、歯車《はぐるま》がピタッと合ったのでしょう、今は書かないと落ち着かないくらいです。

日記には、嬉しいことも、悲しいことも、全部正直に書きます。書くことで癒《いや》されたり、何かを発見したり。紙とペンというのはすごいと思います。

嬉しいことは、あとで読み返すと、こんなことがあったんだと、また嬉しくなります。辛いことや悲しいことは、あぁ、こういうことを乗り越えて今があるんだ、すごい！よかったじゃない！と思って、また嬉しくなるんです。

エッセイストの熊井《くまい》明子《あきこ》さんが、わたしの日記に、ひらめきのかけらを集めたという

意味で「ひらめきノート」というすてきな名前をつけてくださったのですが、嬉しいことや悲しいことだけじゃなく、自分が好きなこと、興味があることなども、たくさんメモしてあります。

たとえば、健康法や美容メモ、コンサートや映画の感想、その日会った人の印象……文字だけじゃなく、スケッチや切り抜きをそのまま貼ったりもします。自分が気分よく暮らすためのヒントになるようなことなら何でも。

人間って、おかしくなるくらいものごとを忘れるものです。

銀色夏生《ぎんいろなつを》さんのエッセイ（『今を生きやすく――つれづれノート言葉集』角川文庫）に「しあわせ感は揮発性《きはっせい》だ」という言葉があり、本当にそうだと思いました。ああ、しあわせ、ぜったいに忘れまいと思っても、パーッといつの間にか消えてしまったりします。

それに、発想の転換をするだけでいい気分になれるのに、悩んだり、苦しんだりしてしまう。それを解決したり、緩和《かんわ》したりするヒントだって星の数ほどあるのに、見逃してしまっていることも多いと思います。

わたし自身、どうしたらいいかな、って思ったことが起きたとき、過去の日記をパラパラとめくってみます。そうすることで心のなかが整理され、自分がどう対処すべきかという指針《ししん》が見えてきたりするんです。だから、わたしの日記帳は、過去の思い出に浸《ひた》るためではなく、自分自身を見つめ直すカルテのようなもの。仕事や暮らし、人生を考えるうえでのヒントがいっぱい詰まった、処方箋《しょほうせん》がわりなのかもしれません。

あるときは親友、あるときは精神分析医、またあるときは先生、そしてときによってはわたしを発奮《はっぷん》させてくれるビタミン剤だったりもします。

流れてゆくネックレス

わたしのお気に入りに加えたいのが「流れてゆくネックレス」。

何のことかというと、すみれ色の空がやがてビロードのような夕闇に変わり、そのなかを走る列車の窓がとぎれとぎれにきらめいて流れてゆく眺めのこと。途中に湖や川があって、そのきらめきが水面に映ってにじんだりしたら、もう言うことなし、１００点満点のネックレスです。

このネックレスは、自分が列車に乗っていても、乗っていなくても、すてきです。

乗っている場合は、「わたしと同じように思っている誰かが、どこかでこのネックレスに見とれているにちがいない」と思ってうっとり。乗っていない場合は、この流れてゆくネックレスの美しさに息をのんで、ただひたすらこのきらめきに感動していればいいんです。

今住んでいるアパートも、窓から電車が見えるという点にひかれて決めたのですが、

大きなビルが建ったりして景色が変わってしまい、お気に入りのネックレスは3センチほどのものになってしまいました。

涙や笑い、たくさんの物語が詰まったきらめく夜行列車のネックレスは、眺めだけじゃなく、遠く近く響く音もまたすてきです。

ガタコンガタコンコトコトコト……。

いつまでもあきないこの音を聞いていると、こんがらがった頭のなかの配線《はいせん》が、ついたり、離れたり、ぶつかったりしながらほどけて、整列《せいれつ》してゆくような気がします。

だから、人は旅に出たくなるのでしょうか。

タフじゃないとお姫様はやれない

ふしあわせは気分のせい、しあわせは意思の力って、どこかに書いたかもしれませんが、お姫様《ひめさま》もタフじゃないとなれないみたい。意外に思われるかもしれないけれど、白雪姫《しらゆきひめ》だって首を絞められても生き返って、ワッ、びっくり!! なんて。これも相当タフな精神の持ち主だと思います。そのことを前面に出すとおどろおどろしいかもしれないけれど、作者の人たちは、願いを込めて、そういう主人公をつくったんじゃないかしら。

わたしは女の子の絵をずっと描いてきたんですが、何が起こっても暗く考えず、ハッピーを追求する子にしたいと思って描いてきました。

人って、どんなに明るく、しあわせそうに見えたとしても、誰もが寂《さび》しさや孤独をどこかに抱えているでしょう? わたしが描く女の子たちがウインクしたり、ときに飛び跳ねたりしたりしているのは、同じように寂しさや孤独を感じている女の子たちに向けての、「この気持ち、あなたならわかるでしょ」っていうメッセージでもあり、「ハッピ

Chapter 2

街をお散歩すると、ふりそそぐものがいっぱい

ーを追求しましょう」「辛いことがあったとしてもそれに埋もれてしまわないで、乗り越えてゆきましょう」っていうエールでもあるんです。

寂しさや辛さからは逃れられないもの。でも、それを何か別のものでごまかしたりせず、きちんと受け止めたい。そのうえで、それを乗り越えてゆこうっていう意思を持ってハッピーを追求してゆく。それが大切なんじゃないかな、って思います。

シェイクスピアのキーホルダーには、「WILL POWER」という言葉が書かれていたそうですが、訳せば「意思の力」よね。この言葉はシェイクスピアの座右《ざゆう》の銘《めい》でもあったと聞きましたが、未来の自分にハッピーを連れてくる原動力、それが意思の力なのかもしれません。

いざというときには勇気が出るアリス

物語のヒロインたちは、美しくラブリー。でも、じつはとってもタフ。甘えたり、他人のせいにしたりしないで、自分で自分を躾《しつ》けることができる女の子たちなんです。『不思議の国のアリス』のアリスも、そんな女の子のひとり。

アリスがありえないような不思議な体験をしながら冒険するというこの物語を、今、読み返してみると、なかなか奥深い物語だと思うようになりました。この物語はきっと、「人生は予測《よそく》のつかない冒険《ぼうけん》なんだよ」、ということを言っているんじゃないかしら。

毎日同じように暮らしていても、いろんなことが次々と起こってくる。いいことも悪いこともね。わたし自身、ビンのふたがきつくてうまくあけられない、といった小さな変化に始まり、昨日までできていたことが今日はできない、なんてこともしょっちゅうあります。でも、そのことをいちいち気にして振り回されるんじゃなく、「不思議な世界に入ったものだな」、「新しい冒険の始まりだな」と思って、乗り越えてゆきましょう、

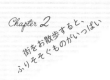

そんなふうに思っています。

将来のことだって、考えれば考えるほど、不安がいっぱい、って思えてくるけれど、考えてみたら、将来っていったいいつのこと？　それっこ、思いどおりにやってくるものなの？　まだ来てもいない「将来」をアレコレ心配するより、今という時間を大切にしたほうがいいと思いませんか？

多少ちゃらんぽらんでもいいじゃないですか。完璧《かんぺき》にしようと思ったり、難しく考えたりしないで、眉間《みけん》のシワをゆるめて、冒険のつもりで、大らかにお気楽に乗り越えていく、そんな「おちゃめ力」が必要なんじゃないかしら。

一寸先《いっすんさき》は闇《やみ》、そんな世界で、何があっても元気に乗り越えて、「あ〜あ、夢を見ていたみたい」、なんて言ってあくびをするアリスは、永遠のスーパースターなのかも、って思います。

Chapter 2
街をお散歩すると、ふりそそぐものがいっぱい

歌いたくないような気分のときこそ歌って、ヒラヒラと飛び越えてまいりましょう

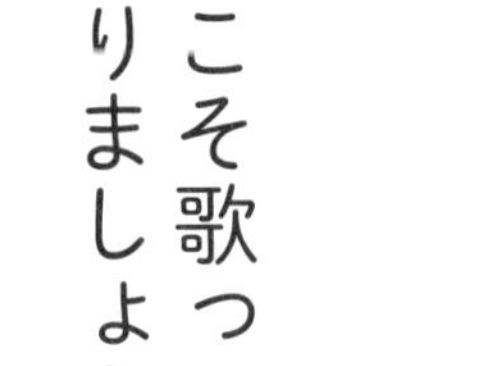

気持ちが沈んでブルー1色、何をする気も起こらない。生きていると、そんな日が波のように押し寄せてきたりします。

そんなときにおすすめしたいのは、歌を歌うこと。「歌いたくないような気分のときこそ、歌う」、これは私流の人生のおまじないのひとつなのね。鼻歌でもいいんです。沈んだ気持ちを奮《ふる》いたたせる効果抜群です。

キッチンの冷蔵庫には、お気に入りの歌の歌詞や譜面がいっぱい貼ってあって、それを見ながら歌うんです。マイクがあったほうが気持ちが入りやすいのであれば、タッパーのような保存容器をマイクにして歌うっていうのはどうかしら？　声が響いて気持ちがいいですよ。

わたしのお気に入りの歌のひとつは、“Over the Rainbow”。ジュディ・ガーランドが主演した「オズの魔法使い」という映画のなかで歌われる名曲です。もともとこの歌が

大好きで、よく歌ったり、ＣＤを聴いたりしていたのですが、人生のときどきで、心に響いてくる意味が違ってくるんです。

若い頃は、ロマンティックな美しい虹しか思い浮かばなかったけれど、経験や年齢を重ねてくると、人生のいろいろなことがそこに加わります。

この歌の最後のところでは、あんなに小さな青い鳥が空にかかる虹の架《か》け橋を飛んでゆくんですもの、私にだってできないことはないはず、と歌われるんだけど、その美しい虹は、人生の試練《しれん》だったり、老いという加齢《かれい》だったり、いろいろな〝人生のハードル〟のことじゃないかしら、と思えるようになったんです。聴いているうちに、ハードルの先の美しいものを見つめて、そのときどきの自分の羽でヒラヒラと飛び越えてゆこうじゃないの、そんなふうに勇気づけられるんです。

アレコレよくばらないで、お気に入り１曲でいいんです。自分のテーマソングっていうのかしら、そういう歌が１曲あると、心強い応援団になると思います。

「勝ちたければ、ゆっくり漕げ」

M市の商店街です。

昔あったRという喫茶店はどこでしょうか。コーヒーの樹やつる植物のからまる入り口には、コーヒー豆の袋が並べてあるはず。ありました！　よく磨かれた古いカウンター、ぴかぴかのグラス、カップ……香ばしいコーヒーの香りのなかに昔と変わらない老マスターが働いています。白いシャツに蝶《ちょう》ネクタイ、縁《ふち》なし眼鏡《めがね》がビシッと決まっています。

休みなく手を動かし、客の注文に応じてエスプレッソ、カプチーノ、カフェオレ……。かすかに流れるシャンソンが客の話し声とまじり合い、落ち着いた、あたたかい空気を漂わせています。

この街も、まわりの店は目まぐるしく入れ替わり、若者向けの安くて開放的なカフェが近所に何軒もできました。「ごゆっくりどうぞ」とマニュアルどおりのあいさつをす

るタイプの店です。

そんななかにあって、Rは影響を受けて元気を失ってしまうのでは？　と気になっていました。しかし、今日来てみると、そのたたずまいのなかに、堂々とした誇りと自信を感じました。何よりもマスターの落ち着き。雨の日も風の日も、お客様が来ても来なくても同じように、きちんと身づくろいをし、手は休みなく動かし、寡黙《かもく》で、しかも軽やかに働いているのです。どこかで耳にした「勝ちたければ、ゆっくり漕《こ》げ」というボートレースの教えを思い出しました。

それから、“Business as usual”という言葉が『思考の整理学』（外山滋比古著　ちくま文庫）に出てきます。「通常営業」のカッコ良さでしょうか。

自分がしあわせだと思ったら、誰も反対できません

ある方のお宅にうかがったときのことなんですけど、紅茶を出してくださったのね。じつを言うと、カップはどうってことない大ぶりのものだし、淹《い》れてくださった紅茶はぬるくて、とくにおいしくもなんともなかったんです。

ところが、そのときに一緒だった熊井明子さんが、カップを見て「あら、すてきなカップ！」、紅茶をひと口飲んで「まあ、おいしい！」っておっしゃったのね。それを聞いてびっくりしちゃったんですけど、そんなふうに言われると、そういえばすてきなカップじゃないのかな、って思えてきたのね。

言葉って、人にも、モノにも、そんな魔法をかけてくれるところがありますね。これは私の発明じゃなくて、熊井さんの言葉を聞いて、言葉って魔法だな、って思ったんですけど。

人に対しても、あの方、とってもいい方ね、って言われると、そういえばちょっとす

てきな部分があるな、って思えてきたり、たとえうるわしくない現実でも、とりあえず、すてき、って言ってみると、そういえば……って思えてきたりしません？　同じように、ああ、でもわたし、しあわせ、って言葉に出してみたら、本当にそうだと思えてくる。

自分がしあわせって言ったら誰も反対できないじゃない。いや、そんなことはないでしょ、なんて誰も言えないでしょ。わたしが自分でしあわせだと思って、そのしあわせをかみしめてたら、誰も邪魔《じゃま》はできません。

「なんでわたし、こんなについていないんだろう」って言い出したらキリがないから、いやみにならない程度に、ポジティブな言葉を使いたいと思います。

何のために言葉があるかっていったら、励ましたり、輝くような言葉をたっぷり使ったりするためじゃないかしら。しあわせ、とか、すてき、とか、すごいじゃない、とか、すてきな言葉って魔法のひとふりのようなもの。言われた人も、言った人も、みんながしあわせな気持ちになります。それができる人っていうのは、すてきな魔法使いかもしれません。

おすすめしたい言葉は、「さすが」と「おかげさま」。どちらも短い言葉だけど、点滴よりもよく効く、魔法の言葉だと思います。

「さすがね！」と言うと、言われた人の表情がパッと輝いて、嬉しそうな表情になります。「おかげさま」は、お世話になった方や両親に対して使ったらどうかしら、って思う言葉。「風邪《かぜ》ひいてない？」と訊《き》かれたら「おかげさまで」。「元気にしてる？」と訊かれたら「おかげさまで」。おかげさまで、って言うと、そこに感謝の気持ちもプラスされているから、とても喜んでもらえます。

言わなくても通じる、って言うけれど、やっぱり言葉で伝えるって大切なことだと思います。

お気に入りの詩

朝の手紙

夏はお洒落なポエムの季節です
グロキシニヤの花の蔭で
あなたの手紙は読んでしまつた
ホテルの甘いゼリイのやうに
お！　ボンジユウルも言はずに雨が降る

――『北園克衛全詩集』（沖積舎）より

繰り返し、繰り返し読んでいる大好きな詩。
早川茉莉《はやかわまり》さんの『すみれノオト no.41』（リトルプレス版）にも取り上げられていて、こ

の透明な空気を「ソーダ水の中から眺めた景色のよう」と紹介されています。
わたしもこの詩を読むと、初めてのパリのこと――街角の花屋でミモザとアネモネのブーケを買ったこと、ラヴェンダーのオーデコロンを買ったこと――を、くもりガラス越しに見るようにぼうっと思い出すのです。

わたしは学びます。唐うたを、やまと言葉をフランス語を。そして知らうとします哲学を宗教を。また絵を文学を音楽を味ひます。それゆゑ太郎の着物の綻《ほころ》びも縫うてやるひまがありません。

――『岡本かの子全集』(ちくま文庫)より

『すみれノオト』には、岡本かの子が息子・太郎に宛てた散文詩も紹介されていて、それがまた、世間の母親像からは多少かけ離れたかの子のお母さんぶり、そのよくばりぶりが楽しくて、じつにかわいらしいのです。
読みながら、文学をやっているお母さんのスゴミがはっきりと伝わってきます。この母にしてあの息子あり、なんだなぁ、って。

わたしの単語帳に「煮詰まったら出かける」って書いてあるんですけど、「煮詰まったら好きな詩を味わう」を追加しておきましょう。目の前の風景が変わって、何度でもすてきな気分になれます。

街をお散歩すると、ふりそそぐものがいっぱい

街を散歩していると、たくさんのヒントをもらいます。歩いている若い人たちからおしゃれのヒントをもらうし、立ち寄った喫茶店の人の働きぶりから学ぶこともたくさん。看板やポスターの言葉からもね。

その気になれば、人生を楽しくしてくれるヒントはシャワーみたいにふりそそいでくる。それはもうまぶしいくらい。人生を楽しくしてくれるヒントだけじゃなく、面白そうなことや楽しそうなことも、いくらでも、1歩ごとに、1秒ごとに見つかります。日常のなかにしあわせの種はいくらでも見つけることができるんです。ただし、「その気にさえなれば」ね。

ある雑誌の表紙に「あなたは見えていますか。日常の中にひそむ宝石を」っていう言葉が書かれていたのだけど、ごくふつうの風景だって、よく見れば、そこには宝石がいっぱいひそんでいます。そんななかから、心のアンテナにピ・ピ・ピと感じるもの。そ

れらを受け止めて、集めて、発酵《はっこう》させて……。それは、宝石を持つよりはるかに贅沢《ぜいたく》な財産になります。

大好きな『赤毛のアン』シリーズのなかに、「君はいつも金鉱《きんこう》を見つけているんだね」っていうギルバートの言葉があるけれど、その気になれば、金鉱だって見つかります。わたしたちって、本当は大富豪なのよね。

Setsuko Tamura's carefree life

Chapter 3

人生は、いいことと悪いことがかわりばんこにやってくる

時間をふんわり、ふくらませて暮らしたい

「あっという間に、もう1年がたっちゃったのねぇ」

「年をとると早く感じるわねぇ」


寄るとさわると、こんな会話ばかり。何だかもったいないなぁ、と思ってしまいます。

1日をふんわりと、もう少しふくらませることはできないかしら？

たまに山歩きをするのですが、そのときにいつも感じるのは、旅先では1日がとても長い、ということです。


山歩きをすると、せせらぎに沿って山道をゆっくり登って眺めの良い場所にたどりつき、やれやれ、遥《はる》けくも来たものだと腕時計に目をやれば、まだお昼前。本当に嬉しくなってしまいます。自宅ではそれこそ、午前はあっという間に消えてなくなるのですから、時間って不思議です。

サルバドール・ダリの描く時計のように、時間というのは、ふんにゃりと、のびたりちぢんだり、自由自在なものなのでしょうか。

もうひとつ感じるのは、旅先では別の自分になれるということ。

いつだったか、郊外から帰宅するときに、無性にりんごが食べたくなって、駅前のくだもの屋でりんごを買ったことがあります。駅の水道でキュキュッと洗い、大混雑の電車をやりすごしてホームの端まで歩き、空を見上げるといちばん星が出ていました。

今だわ！　胸のときめきに促されて、サクッとひと口。甘酸《あまず》っぱい汁とさわやかな香りが口いっぱいに広がり、目が覚めるようでした。サクサク、ゴクン、サクサク、ゴクン。外でりんごをかじるなんて、まるで小学校の遠足みたいで、わくわくしました。

その日の日中は、急に暑くなったりと、とても不安定な天候で、全身がだるく、のども渇いていたのですが、すっかり生き返ったように、溌剌《はつらつ》としてきたのにはびっくりしました。たとえ小さな旅だったとしても、旅に出ると、新しい自分、〝別人28号〟になれるのです。

旅に出れば、小さな冒険がたくさんできます。のどが渇けば、手ですくってお水を飲んだり、お腹がすけば、ためらわず何かをほおばったり。そして元気をふきかえし、まわりの風景や人々を、新鮮な目で眺めることができるのです。

ルーシー・モード・モンゴメリの小説『ストーリー・ガール』（木村由利子訳　角川文庫）や平山和雄《ひらやまかずお》著の『ヒマラヤ・スルジェ館物語』（講談社文庫）などの不思議な旅人たちの話を読むと、何だか、そわそわしてきて、ほんの少しでも、自分の日常に旅の気分だけでも取り入れたい。そして、子どもの頃のように、時間をふんわり、ふくらませて暮らしたい、と思います。

山歩きや駅のホームの甘酸っぱいりんごが教えてくれたこと。それは、自分がそう思えば、いつでもどこでも人は旅人になれるってことなのでした。

わたしの〝神さま〟

オープンカフェでは、人々が、路上に張り出した椅子《いす》とテーブルで、コーヒーとお喋《しゃべ》りを楽しんでいます。道行く人々を眺めながら、お互い、見たり、見られたりを楽しむことができるのも、人気の秘密のようです。

長い間、慎み深く、伏目《ふしめ》がちであることが美徳とされた日本人の文化も、だんだん変わってきました。

オープンカフェでは、他人の視線を心地よいシャワーのように浴びて、女の子はどんどん美しくなるのだそうです。スターのタマゴちゃんたちも、ファンの熱いまなざしに磨《みが》かれて、どんどん美しくなると聞きました。

見たり、見られたり、の効用について、じつは打ち明け話があります。

わたしは昔から、好きな人、憧《あこが》れの人の写真を飾って、ごあいさつする癖《くせ》があります。特別の1枚のみを飾るときもあれば、ペタペタと、たくさんの写真を並べるときもあり

ます。映画スターあり、作家あり、音楽家あり。今は亡き芸術家のみなさまも多いのです。これは昔、親元を離れて、ひとり暮らしを始めた頃にやり始めたことです。

飾って眺める、ということは、眺められている、ということでもあります。相手はたかが写真ではないか、と思うかもしれませんが、いえいえ、そうではありません。写真の目も実物の目も、わたしにはあまり変わりがないのです。

ですから、写真を飾った部屋ですごすというのは、なかなかのものがあります。いろいろな人々にジーッと見つめられて（？）怠けることもできません。

憧れのひとり暮らしは、自由に時間が使えるため、怠け心がスクスクと育ちやすく、「ま、いいか」と何でも許せてしまいます。お掃除をサボる、お料理をサボる、お行儀も……と歯止めがききません。そんなとき、ふと、壁に飾った写真の人物と、ピタリ、目が合ってしまったりすると、「あ、いけない」、もじもじと背筋をのばしたりして、怠け心もどこへやら。

インドでは、ありとあらゆる神々の肖像画を、まるでスターのブロマイドのように、路上に並べて売っています。それらの極彩色《ごくさいしき》の絵を家のなかの要所に飾り、人々は、朝から晩まで、折にふれ祈ります。キリストもいればブッダもいて、さすが〝何でもあり〟のお国柄です。

わたしの場合も、ほんの少し似ているような気がします。

わたしの〝神さま〟は、わたし自身のそのときどきの好みにしたがって、自由にメンバーが入れ替わったりして新陳代謝《しんちんたいしゃ》が行われ、本当に面白いのです。

わたしたちは莫大な財産を持っているのよね

人間の働きを助けてくれるロボットの研究がどんどん進んでいます。ロボットを開発している人から聞いた話なのですが、今はロボットが優秀になってきたけれど、小指1本にしても、本物の指に近づけるためには、膨大《ぼうだい》なプログラミングと莫大《ばくだい》な費用が必要なのだそうです。それでも、人の指1本と同じように動かせるものを作ることは、不可能なんですって。

はたらけどはたらけど猶《なほ》わが生活《くらし》楽にならざりぢつと手を見る

という石川啄木《いしかわたくぼく》の歌があります。

悲しい歌なのですが、手というのは、じつは莫大な値打ちのあるかけがえのない宝物。わたしたちはそうした宝物をいっぱい持っています。莫大なお金をかけても作ることが

できないものをいっぱい持っているのだと考えることも、今なら可能かもしれません。

そう考えると、わたしたちはものすごい運を手にしているし、莫大な財産を持っているると言えそうです。それはもう、億万長者が暮らしているわけなのね。

「生命《いのち》」というのはもともとは偶然の贈り物。だから、その生命というものに対しても、その生命を贈ってくれた両親に対しても、感謝《かんしゃ》の気持ちを忘れないようにしなくちゃ。

「感謝は無敵《むてき》」って、本当にそうだなぁ、と思います。

そして、贈られた生命、からだに感謝して、大切にしなければもったいないって気づきました。

人生を歴史年表のように色分けしてみましょう

母と妹の介護《かいご》をしていた頃は、食事のメニューも時間もめまぐるしく、気づくと、ここ数年は座って食事をしたことがないなぁ、と思うこともしばしばでした。料理の味見《あじみ》をする、その立ったままのひと口が私にとっての食事。ひと匙《さじ》、ひと切れ、ひとかけら。その間に雑用で小走りで働いていました。

そのとき思い出したのは、マラソン選手が走っている途中でスペシャルドリンクを飲んだり、テニス選手が試合の間にバナナをひと口食べる様子。よし、有名選手の気分でひと口を口に入れ、張り切っていつも以上にスピーディーに働きましょう！　そう思うことにしました。

現実問題として、介護というのは辛い部分が多いし、大変だし、覚悟がいります。介護される人も、する人も年をとっていて、共倒れということだってあります。でも、介護は辛いこと、と決めてしまうのはじつにもったいないです。

あの頃、みんなが介護は辛い、大変よ、って言うものだから、逆にわたしは介護に興味を持ったっていう部分もあります。マラソン選手やテニス選手のイメージではないけれど、たくさんの発明や工夫の余地、ユーモアやぬくもり、そんなことも介護の経験のなかにはたくさんありました。辛いこと(?)がくれる豊かな贈り物もいっぱいで、わたしって意外と介護に向いている！　そんな発見もあったのです。

辛い、難しいと思うと、辛いし難しいけれど、できる、と思うと、わたし自身もあれこれ発明したり、工夫したり。同時に、上手な気分転換の方法も学べて、大変だけど、なかなか楽しかったのです。強がりじゃなくてね。

母は97歳まで生きたのですが、どうしても自宅がいいというので、実家で母の介護をすることになったのです。父は88歳のとき病院で亡くなったのですが、そのときの経験から母は、自分は絶対に病院では死にたくない、と思っていたみたいなんです。父がなぜ病院のお世話になったかというと、明治生まれのダンディな父は、娘の世話になるにしのびなく、我慢してしまうのでした。それでやむをえず病院のお世話になったのでした。

母の場合は、玄関でころんで足腰が立たなくなって、それで寝たきりになって、介護が必要になったんですけど、実家のあるM市と仕事場のある原宿を行き来するのは、長く電車に乗らなければなりません。そのときは、想像力にずいぶん助けられました。電車はガラス張りのお部屋のようだな、って思いながら、移り変わってゆく窓からの景色を楽しんだりね。きれいごと、って思われるかもしれませんが、『不思議の国のアリス』のように、「不思議な世界に入ったもんだワ」と思っていた自分がいました。

今、介護の真っ只中にいる人たちのなかには、「友人たちは今頃、イタリアンのランチを楽しんでいるのに」って、他の人たちのことをうらやましいと思ったりする人がいるかもしれません。それはあたりまえのことなんだけど、わたし自身は、そんなふうには思いませんでした。自分で自分をそう躾《しつ》けていたのかもしれませんが、たくさんの楽しいことは、もうさんざん経験させてもらったから、それで十分、と自分に言ってやりました。

それでも、リュックを背負って、行ったり来たりしながら夜道を歩いていると、「何やってるんだろう」って自分で思うことも正直ありました。そんなあるとき、小学生時代、○○時代、○○時代って色分けした、歴史年表のことを思い出し、そうだ、わたしは今、介護時代なんだ、って気づきました。そうしたら、今の自分の役割が明確に見えてきて、そうね、色は大好きなグリーンか、ラッキーカラーのブルーかしら、とずいぶん気持ちが楽になりました。介護する相手にしても、元気な時代があったけれども、今は燻《いぶ》し銀《ぎん》の時代かな、とかね。

母のことに話を戻すと、頭はしっかりしていたから、「いやだわ、こんなことされるなんて」と口癖《くちぐせ》のように言っていました。下《しも》の世話なんかをしてもらうのがいやだったんですね。

そんなときは、

「何でも侍女《じじょ》にやらせて、よきにはからえ、ってふるまう、ベルサイユ宮殿のお姫様みたいじゃない」

って言うと、ニコニコしてくれるんです。でも、翌日になるとまた、「いやだわ、こんなことされるなんて」と言うので、「ホラホラ、ベルサイユ宮殿のお姫様」って。

すると、今度はこんなふうに言うんです。

「あの人たちは子どもの頃から慣れているけれど、わたしは慣れていないのよ」

そんなときは、やれやれ、と思う気持ちを切り替えて、「さすが！　すごいことに気づいたわねぇ〜！」と褒《ほ》めたり、介護の手をとめて、息を深く吸ってからニッコリ笑って、会話のかわりに、「なるようになるわ。先のことなどわからない♪」とドリス・デイの「ケ・セラ・セラ」を歌ったり。すると、母は首で拍子をとって、「たしかにそうね」というふうにうなずき、なんとなく一緒に歌っていたりしているんです。

もしわたしが、母親が年をとることや寝たきりになることを受け止めることができないで悲壮《ひそう》な表情をしていたら、母はこんなふうに思ってしまうかもしれません。

「自分は寝たきりになって、娘に迷惑をかけているんだ。娘を苦しめているんだ。早く死んでしまいたい」

そんなことを思わせてはいけないと思うんです。自分を産み、育ててくれた母親なんですもの。

わたし自身、母と妹の介護に捧げた6年間は、ヘルパーさんや友人、知人、みんなに助けてもらい、母や妹からは逆に励まされ、振り返ってみれば、あっという間でした。おまけに、そこには発明や発見もたくさんありました。

不器用ながら精いっぱい、やれることはやって、ふたりの最期《さいご》を看取《みと》れたことは、本当にしあわせなことだったと思います。それだけではありません。気づくと、心もからだもとても丈夫になっていました。

でもね、いくらいろいろなことを言われたり、レクチャーを受けたりしても、同じということはひとつもなくて、事情はひとりひとり違うから、実際にやってみないとわからないというのが本当のところだと思います。でも、そこで「わたしってどういう人なんだろう」って、試されると思うんです。そのときになるべくがっかりしないように、でも、あんまり肩肘《かたひじ》張《は》らないようにしないとね。相手にプレッシャーを感じさせちゃうから。悔いが残らないようにする、というのがいちばんいいんじゃないのかな、と思っています。

好きになれそうにない人に出会ったら、わたくし流「若返り術」をほどこしてみる

ひとっ跳びで
砂利みちをまっしぐら
いかついい岸壁もなんのその
軽々とひとまたぎ
あまりの嬉しさで
ぞくぞくと震えてくる……
そう、ぼくらはオール・マイティ
あらゆるものを超えていく

この元気いっぱいのかわいらしい詩は、オルダス・レオナルド・ハックスレー、13歳のときの作品と言われています。『小さな巨人の肖像』（チュリ・クプフェルバーグ／シルビ

ア・トップ著　平野威馬雄解説　橋本ユキ訳　クイック　フォックス社）という写真集のカバーに載っていました。「軽々とひとまたぎ」「そう、ぼくらはオール・マイティ」「あらゆるものを超えていく」って、人生にも効きそうな詩の言葉ですね。

この本には、いわゆる各界の大物たちの子どものときの写真が収録されています。7歳のチャップリン、6歳のアインシュタイン、3歳のT・S・エリオット、4歳のヘミングウェイ、2歳のチャーチル、生後間もないマリリン・モンロー、4歳のエディット・ピアフ——。政治家も、俳優も、学者も、シンガーも、みんなみんな子どもでした。ベビー服で、半ズボンで、レースのフリフリ飾り、大きなリボンを頭にのっけて。そしてその表情には、いわゆる「栴檀《せんだん》は双葉《ふたば》より芳《かんば》し」というような特別な違いが、見える人も見えない人もまざっていて、なかなか味わい深い写真集でした。

昔はみんなあどけない目をした子どもだったと思うと、誰もが愛《いと》おしく思え、不思議な感動がわいてきます。それだけじゃなく、この写真集からは、すてきなヒントももらいました。

ちょっと好きになれないな、と思う人に出会ったときの、ポジティブ変換の魔法を一つ。

それは、その人の子どものときの顔を想像してみること。すると、まぶしそうに眉をひそめた照れくさそうな表情や、いたずらっぽい表情などが浮かんできて、とたんに頬がゆるんでくるから不思議です。カチンとくる態度をとられても、「ハイ、わかりました、いい子ちゃんね」と心につぶやき、ニッコリ許すことができそうです。

電車の中や、退屈な会合の席などでも、はじから順に、その人の顔に若返り術をほどこしてみるのは、ヒミツの楽しみ。厚く重ねた歴史の皮膚を1枚1枚はがして、やわらかなバラ色の肌に戻し、そこにキラキラの産毛《うぶげ》を生やしてあげましょう。そうして、やんちゃなわんぱく時代から、ついに赤ちゃん時代までいけたら……、ふふふ、あなたは達人の域を越えています。

もしもわたしが小説家だったら

悲しみや怒りって、よく考えてみると、とってもジコチューなのね。たとえば、わたしは両親も妹も猫も亡くなってて、なんて寂しいんだろう、と思ったとしますよね。でも、これってすごく自己中心的なことじゃないかな、って気づいたんです。自分を中心に考えてしまって、ひまさえあればそのことを考えてしまうから、自分はなんて寂しいのかしら、自分はなんて不幸なのかしら、って思ったりするんだけど、ちょっと目をそらしてみたり、視線を変えて遠くを見たりして、自分の不幸を別の角度から眺めてみたりすると、世間にはいろいろな人がいるってことがわかるし、自分自身も不幸一色じゃない、ってことがわかるんです。

「悲しむ生者」は孤独ではない。「世に苦しみのない人はいない」ので、その人は「世界とつながっている」からだ。

——若松英輔

すると、世の中にはもっと大変な人もいっぱいいるのに、寂しいなんて言って、自分で自分を甘やかすのもいい加減にしなさい、って自分自身を躾《しつ》けることができるんです。「困ったときは、脳が喜ぶ」って脳科学の先生がおっしゃっていたのだけど、「寂しい」を、「今、脳がよろこんでいる」って変換してみるだけでも、ずいぶんと気分が違う気がします。

それでも、ものすごく苦しいときがあったら——。

そんなときは、もしもわたしが小説家だったらこんな状況をどういうふうに表現するかしら、次の展開はどんなふうにするかしら、と考えてみることをおすすめします。あるいは、憧れの人がいたとしたら、あの人だったらどうするだろうとか。

例：そのとき彼女は、うちひしがれてそっと夜空を見上げたのだった。そこには暗い雲にまぎれて、かすかに光る星らしきものがみてとれた。

〝だいじょうぶ。いつも見守っているよ〟と、星はささやいた。

などと、自分を客観的にながめて、勝手にうっとりするのもわたしはよくやります。
自分を他人のようにながめることは、とてもいい気分転換になります。

人生は、いいことと悪いことが　かわりばんこにやってくる

人生って、いいことばっかりってこともないかわりに、いやなことばっかり、ってこともありえないわけね。悲しいこともあるけれど、それが自然なこと。生きてる証拠だもの。

　よくないことっていうのは、どうしてもマイナスに受け止めて、排除《はいじょ》しようと思いがちなんだけど、それだって栄養になるんです。しあわせなときには気にもとめなかったたくさんのことが、発見や慰め、癒《いや》しになったりね。経験したことはすべて、人生の隠し味になるんだから、よくないことや辛いことを無理に避けて通らなくてもいいと思うんです。だからといって、しあわせぶらなくてもいいし、無理してハッピーよ、と言わなくてもいい。

　そうは言いながら、自分で自分の言葉にクレームをつけなきゃ、と思うのは、ある雑誌のインタビューで、「ずっとひとり暮らしで寂しくないですか？　と言われますけど

ぜんぜんです」って答えたことがあるんです。言葉のはずみだったんだけど、もちろん、ぜんぜんなんてことはありえないわけ。両親も妹も亡くなり、猫もいなくなって、寂しくないと言ったら嘘になります。でも、誰だって寂しいのは、ある意味あたりまえ。孤独を手なずけて、自分を甘やかさないようにしないとね。ふと気づくと、世の中にはひとりぼっち感を抱いている人がいっぱい。ということは、同じ心のお友だちがいっぱいいるってこと。心強いです。

人生は、晴れたり、曇ったり。いいことも悪いことも、互い違いにやってくる。何の苦しみも、悲しみもなくて、ハッピーだらけ、ってことはありえないんですもの。

アランの『幸福論』（串田孫一・中村雄二郎訳　白水社）の「悲しいマリー」のなかに、悲しいマリーと楽しいマリーというふたりのマリーが出てくる話があるのね。マリーは、時計のような正確さで、1週間は陽気になり、次の週には悲しくなるんです。

陽気なときはすべてがうまくいって、雨が降っても晴れても楽しいし、好きな人のことを思い浮かべただけで「なんて私は幸運なんでしょう！」と思えるの。退屈なんてしないし、イキイキとした美しい花のように喜びの色に輝いているのだけど、悲しいマリーはまさにその逆。どんなことにも興味がなくなって、幸福とか愛情を信じることができなくなるんです。

喜びと悲しみは、かわりばんこにやってくる。今、ハッピーじゃなくても、ハッピーの種はその背後にちゃんと用意されていて、やがてハッピーがやってくる。

アランは、その、喜びと悲しみの原因は、精神だけではなく、身体の生理的な波もあるので、気をもむよりも、体操をしたりして、自分で自分をハッピーにしてあげなさいとも言っているのです。

Setsuko Tamura's carefree life

Chapter 4
夢をかなえてまいりましょう

絵の具は宝石

子どもの頃からずっと絵を描き続けてきましたが、10代の頃と今と、描く方法が何も変わらないんです。こんなに長く描いてきても、まだプロじゃないのよ。でも、わたしにとって絵を描くことは、やすらぎだし、心ときめくこと。絵の具を見ているだけでしあわせな気分になるんです。

画材屋さんに行くでしょ。そこに並んでいる絵の具が、わたしには宝石のように見えます。わたしにとって画材屋さんは、ティファニーのショップと同じなんです。

小学生のとき、となりの席はK子ちゃんでした。K子ちゃんの家は町でも有名なお金持ちで、授業の途中で雨が降ってくると、お手伝いさんが、すてきな傘やレインコート、ピカピカの赤い雨靴などを持って、廊下で待っていました。

モノのない時代だったので、雨のなか、運動靴とかはだしでピチャピチャ走って帰ったりするのは、当時の子どもたちにとっては、ヘッチャラのあたりまえ。でも、K子ち

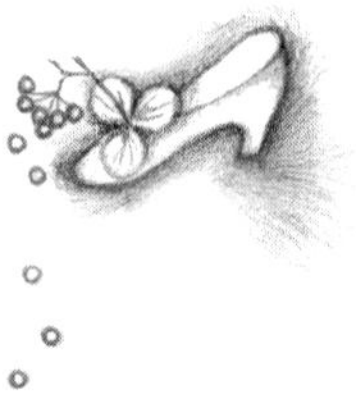

ゃんは、全身すてきな雨の日ファッションに包まれていて、「さすがお嬢様は違うなぁ」とうっとり見とれていました。

お家に遊びに行くと、迷子になりそうなほど広いお屋敷で、K子ちゃんの部屋にあるのは、立派なグランドピアノに外国製のお人形、ふんわりとネジを巻くとメロディが流れるオルゴール人形！　そこにあるすべてが憧《あこが》れでしたが、そんなK子ちゃんの暮らしを、羨ましいとは思いませんでした。

わたしはその人形の姿を心に刻み、家に帰るとすぐに絵を描きました。すると、紙のなかから本物の人形よりもかわいい姿があらわれるのです。だから、本物の人形がほしいとは思わなかったのです。紙と鉛筆さえあればしあわせ。紙と鉛筆さえあれば、願いごとはみんなかなってしまうのです。

「この子は、紙と鉛筆さえあれば、おもちゃなんかいらない。本当に節約のセツコね」

母がよくそう言っていましたっけ。それは本当の話です。

自分を応援する

作家の清川妙《きよかわたえ》さんが、「自分を見守るもうひとりの自分」について、書いていらっしゃいました。

ご主人に先立たれて以来、ひとり暮らしの清川さんは、朝、ベッドで目を覚ましたら、「妙ちゃん、起きなさいよ」、ベッドを離れるときは、「今日も元気で働こうね」と自分に言うのが日課。この呪文《じゅもん》によって、からだじゅうの細胞もイキイキしてくる、っておっしゃっています。

じつはわたしも、「もうひとりの自分」を自分のなかにつくっています。友だち、美容師さん、お医者さん、マネージャー……何でも自前でまかなっているのですが、心強いもうひとりの自分が、励ましてくれたり、アドバイスをくれたり、テキパキと段取りをつけてくれたりします。

Self made　なりたい自分をつくる
Sunny soul　明るい魂とともに

しあわせは自分でつくるもの。あの人がいるから、これがあるから、しあわせ。人やモノに依存したしあわせは、対象がなくなれば消えてしまいます。でも、自分で見つけたしあわせは、わたしのなかで永遠に消えることなくきらめいていて、どんなに辛いときでも、「がんばれ!! わたし」、「大丈夫、わたしがついているから」って、応援してくれるのです。

人生は選択の連続

生きていくうえで何度も出会うY字型の道。二つに分かれた道に出会うたびに、右に進む？　それとも左に進む？　そう考えて、人はどちらか一方を自分で選びます。人生は、そんな選択の連続です。そして、どちらの道を選ぶかは自分次第。

いったい、今までどれだけの分かれ道に差しかかったことでしょう。人生を左右するような大きな決断だけではなく、何時に起きる？　朝食は何を食べる？　今日は何を着る？　そんなことまでカウントしたら、それこそ天文学的な数字になってしまいそうです。

でも、大きなことも、小さなことも、たくさんの選択が積み重なって、今のわたしがあるのだから、そのことを誇りに思いたいと思います。

長い人生のなかでは、もし、あのときこっちを選んでいたら……と思うこともありますが、それだって受け止め方次第なのかもしれません。

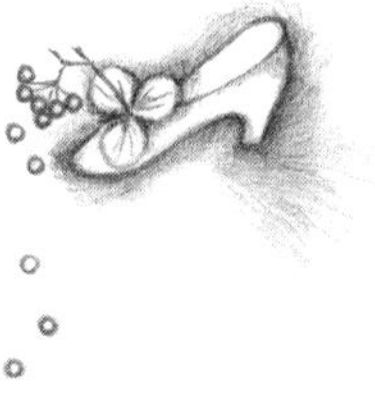

「過去は変えられる」という言葉を聞いたことがあります。何を選んだかは変えられなくても、それをどう受け止めるかは変えることができるんです。選択したときからみるとずっと先の未来にいたわたしが、これでよかったんだ、と思えば、その選択からつながるさらなる未来には、プラスの道が続いていくはずです。

なにはともあれ、自分で考え、自分で選んでつくってきた人生ですもの。それに誠実に応《こた》えていくことが大事じゃないかしら、と思う今日この頃なのでございます。

夢みる力は無敵です

女性の似顔絵を描くときは、30パーセントくらい美しさをUPさせることは常識です（自画像もつい、そうします……笑）。どんなに上手に描けても、リアルに仕上げると、ご本人は「似てない」とおかんむりです。

こう書いていて思い出すのは、作家の森茉莉《もりまり》さんです。

森茉莉さんは、下北沢《しもきたざわ》の古いアパートに住んでいても、そこを、夢みる力で大好きな巴里《パリ》のアパルトマンとイメージして、うっとりと暮らしました。

ジャムの罎《びん》やアネモオヌの花。お気に入りの石鹸《シャボン》の泡。チョコレートのひと口。バタアのひと匙《さじ》。紙と鉛筆――。

空想の中でだけ、人々は幸福と一しよだ。私は現実の中でも幸福だ、といふ人があるかも知れないが、さういふ人は何処かで、思ひ違ひをしてゐる。現実に幸福な人

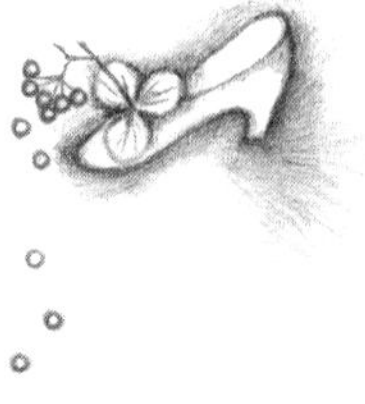

間が幸福を感じる時、その幸福感は、その人間の空想の部分の中に、少くとも空想の混りあつた所に、存在してゐるのであつて、決して現実そのものの中には存在しないのである。（中略）

《夢こそこの世の真正の現実。さうして宝石。》

――「贅沢貧乏」（『森茉莉全集2』筑摩書房）より

夢と現実のまざり合った薄明かりに包まれて、想いは自由に羽ばたきました。

この「夢みる力」こそ、カボチャを馬車に変える魔法の力なのかもしれません。魔法の杖をひとふりして、夢みる力をふんわり、ふりまいてみると、あら不思議。今ここにある現実が夢のオーラをまとい、至上の天国が出現するのです。

〝夢みる力〟は無敵です。

変人って？

ときに人はひそひそと、「あのひと、ちょっと変わってない？」と言ったりします。なんか変、奇人変人、などと。

しかし、そう言ってる人は、自分をいつの間にか「まともな人」と思っているにちがいありません。が、「まともって？」と考えると、実体がわからなくなってきます。先日、「アバウト・タイム」という映画を観たのでしたが、そこには、変人、極端な人が出てきます。よくいる、健全な、ふつうの人々なのですが——じつは、ひとりひとりの個性を誇張すると、とても変わってる人になります。

わたしたちはじつはみんな変わっていて、同じ人はひとりもいないのでは？　それに気づくと、似たりよったりの人でまとまったり、固まったりするのが、じつは変に思えてきます。

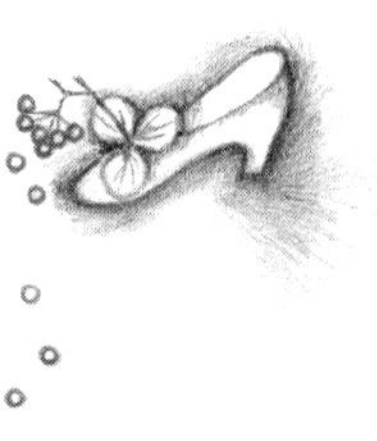

変わっててあたりまえ。変わってるから興味がわく。変わってるから楽しい。変わってるから世界が広がる。変わってなかったらつまらない。そんなふうに思えてきます。

北風ピューピューは、チャンスをつかむための準備体操

逆境とかピンチといった、北風がピューピューと吹きつける状況は、できれば避けたいと思うもの。でも、生きていると、いろいろなことがあります。その真っ只中にいると、どうしてこんなに不幸なのかしら、と思って、暗く沈みこんでしまうことだってあります。でも、がんばってそこを通り抜けてみると、あれはチャンスをつかむための準備体操だったんだわ、と思えなくもありません。

わたし自身、銀行の仕事をやめてフリーになったとたん、自分が今、北風がピューピュー吹く暗い森のなかにいることを知ったのですが、それからの日々のなかで、たくさんの大切なことを学びました。

たとえば、そのひとつは、本当にやりたいことが与えられないときにこそ、たくさんの夢や憧れが、自分の心の引き出しいっぱいに詰まってゆくということでした。だから、今、夢ややりたいことにほど遠い状況だったとしても、この経験がわたしの宝物になる

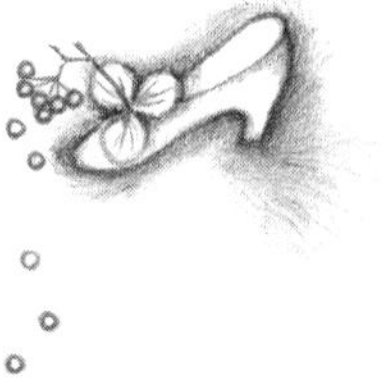

んだって信じて、目の前にあることに熱中していたら、それが実りのときにつながってゆくのよね。今を生きた先に未来があるんですもの。

それに、仕事というのは、いい加減にやると面白くないんです。最初は、う〜ん、と思ったとしても、熱中して一生懸命にやっていると、どんどん自分がのってきて、楽しくなってくるんです。しかも、たっぷりの準備体操で心もからだもしなやかに鍛えられているから、少々のことではへこたれなくなっています。

そうしてあるとき、いつの間にか北風の吹く暗い森を抜けています。チャンスが目の前に用意されていることだってあります。それは、夢や憧れをあきらめなかったことへの、神さまからのごほうびなのかもしれません。

夢をかなえてまいりましょう

小さい頃からお姫様《ひめさま》の絵を描いたりするのが大好きでしたが、今の仕事につながる扉が開いたのは、高校3年生のときでした。雑誌を読んでいたら、「憧れの先生にお手紙を出しましょう」というコーナーがあったんです。今では考えられないことですが、当時は作家の方々の住所が誌面に掲載されていることがあり、また、「作家・画家のアドレス帳」というような付録が雑誌についていることもあったのです。

それでわたしは、大胆にも、大好きだった松本かつぢ先生に往復はがきでお便りを出しました。「将来、絵を描くお仕事につくためには、どのような勉強と手続きが必要なのでしょうか」って書いて。有名な先生ですから、こういう手紙はさぞかしたくさん来ることでしょう。ですから、お返事なんてまったく期待していなかったのですが、1週間もたたないうちに、まさかのお返事が来たのです。そこには、大好きな絵とそっくりのおしゃれな文字で、

「あなたの作品を一度、私に見せてください。よかったら、どんなにしてでも道をつけてあげましょう」

と書いてありました。

郵便って不思議、わたしの書いたはがきが、さまざまな空間を超えて、あの松本先生のお宅に届いたなんて！　そして、先生がそのはがきを手にとられたなんて！　そして、お返事をくださったなんて！　と、夢のような思いのなかにいたわたしでした。

手紙にはあんなふうに書いたものの、「将来、絵を描く仕事がしたい」というのは、漠然とした夢のようなもの。実現させるための手がかりはなく、その夢は、心の奥のポケットに、こっそりしまっていたのです。でも、松本先生からの返事を読んだ瞬間、光がぴゅう〜っと差し込んだみたいな感じがしたんです。それが将来の夢に火がついた瞬間でした。

早速、それまで書きためていた絵を茶封筒にパンパンに詰めて、松本先生に送りました。すると今度は、「一度訪ねていらっしゃい」という返事とともに、お宅への略図が届いたんです。

先生のことは、絵以外に何も知りません。多分、白い髭《ひげ》をたくわえたお爺《じい》さんで、三角屋根の洋館住まい。動物を飼っていらっしゃることでしょう。召使《めしつか》いがノックをして、お紅茶を運んでくるわ、きっと。そんなふうにいろいろなことを想像しながらたどりつくと、そこは、純日本風のお宅でした。お髭なしの先生は若々しくダンディで、明るい奥さまと、先生の絵そっくりの7人のお子様のお父様だったのです。7人のうち3人はアメリカ留学中。

「輸出しているんだよ」

と笑う先生。幸福なあたたかさが満ちているご家庭……。

「君の絵を見たよ。いいところもあるようだから、やってみたら」

先生はそんなふうに言ってくださいました。

それからは、描いた絵を持って、月に一度、先生のお宅に足を運び、そのたびに描くためのヒントやチャンスをたくさんいただく。そんな夢のような日々でした。

高校卒業を目前にした18歳の頃、松本先生から「デッサンを勉強したほうがいい」と言われ、通いはじめたのは、洋画家・猪熊弦一郎《いのくまげんいちろう》氏の研究所。そこではヌード・モデルのデッサンにいそしむ日々でした。

こうして、松本先生のアドバイスや猪熊氏の研究所でのデッサン、プライベートな絵日記やスケッチなど、夢の実現に向かって勉強を続けながら、高校を卒業しました。

でも、すぐに絵の道を選ばず、大手の銀行へ就職しました。秘書室に配属されたわたしは、役員室の受付嬢の仕事をしながら、絵の勉強を続けていました。

そんなある日、松本先生が、講談社の『少女クラブ』編集部に連れて行ってくださって、「この子、一生懸命絵の勉強をしているんだよ」って紹介してくださったんです。

そうしたら、わたしがどんな絵を描いているかも知らないのに、編集部の方が「ここに小さなスペースがあるから、かわいいカットを描いてみて」って、お仕事を依頼してくださって。それは、読者の投稿欄を飾るカットの仕事でした。

師の顔に泥を塗ってはいけない。その一心で、一生懸命、小さなカットを描きました。

その後も、銀行での仕事をしながらカットを描く仕事を続けていましたが、最初の頃はボツばかり。縦何センチ、横何センチなんて言われると、数字で頭がいっぱいになって、絵がかたくなってしまっていたんですね。絵日記やスケッチブックならあんなに楽しく描けるのに……。

そんな迷いを吹き飛ばしてくれたのは、編集長の「誌面をそのスケッチブックだと思って描きなさい」というひと言でした。とてもすてきな言葉でしょう？　この魔法の言葉のおかげで肩の力が抜け、のびのびと描けるようになりました。

昼間は銀行での仕事、夜は自宅でカットを描く日々。描き上げた作品は、昼休みを利用して、編集部まで届けることもたびたびでした。

あの頃のわたしは、とても恵まれていたと思います。やさしい人々に囲まれ、笑いの絶えないあたたかい職場。そんななかでわたしは贅沢《ぜいたく》なため息をついていました。

「ウーム、これではダメになる。もっと苦労しなくっちゃ」

お昼休みに屋上に出て、ぼんやりと外を眺めながら、今のこのあたたかくて心地よい容《い》れものから出て、きびしい現実のなかをさまよいたい、そんなふうに思っていたのです。どの方面をさまよいたいかというと、絵を描く方角をめざして、なのでした。

北風ピューピューの森のなかへ

一　決してグチはこぼしません

二　経済的負担はかけません

三　後悔しません

銀行をやめる決心をしたとき、この三つの誓いを掲げて、反対する両親を無理やり説得しました。ところが、人事課では、わたしの出した退職願をなかなかおさめてくれません。

「もう一度、頭を冷やして考えなおしなさい。森のなかにはオオカミがいっぱい待ち伏せているのです！」

それでも3か月後、花束とオルゴール、あたたかいメッセージを胸に、念願のイラストレーターとして外に飛び出してみると……ジャーン！　外は北風ピューピューの森のなかなのでした。

出版社から依頼されるのは、小さなカットばかり。しかも、何度も描きなおしを命じられた挙句、ボツにされることもしょっちゅうで、お財布のなかはカラッポ。しまった、わたしの考えは甘かった。人事課長さん、ごめんなさい。あなたのお言葉こそ正しかったのです。でも、あんなに颯爽《さっそう》と反対を押し切って退職した手前、グチなんて言えません。家族にも、「どうだった？」と訊《き》かれれば、「大丈夫、うまくいった！」ってウソをついていました。

原稿を届けるバスのなかで、窓ガラスに映るしょんぼりした自分の顔を見て、「かわいそうに」と涙がこぼれたこともありました。なんでやめちゃったのかな、と思ったりしたこともあったけれど、あの頃のわたしは、「誰に言われたわけではない。自分の意思で選んだのだから」って自分に言い聞かせ、ナルシストにならないように、自分が選んだ人生に誠実に応えてゆこう、という思いに支えられていました。窓ガラスの顔に、「なんとかしてあげましょう。おまかせください」と、もうひとりの自分がウインクしたのです。

夢の扉をあけた瞬間

そんな日々が数年続いたある日のこと、突然、転機が訪れました。急病のイラストレーターの代役が回ってきたんです。突然呼び出されたわたしは、編集長から原稿の束をドサッと渡され、「明日の朝までに描ける?」と訊かれたのです。もちろん、「はいっ!」と即答。念願の女の子の絵が描けるのが嬉しくて、徹夜で仕上げました。それは、『少女クラブ』増刊号のユーモア小説の挿絵《さしえ》の仕事でした。

すると、その雑誌が発売された直後から、『『少女クラブ』のようなタッチでお願いします」という仕事の依頼が、あちこちの出版社から次々に舞い込んできたんです。

これがずっと憧れていた「かわいい絵を描く仕事」という夢の扉をあけた瞬間でした。

依頼された仕事は断らず（「NOと言えない日本人」のわたしは、今も続いているのです）、1の依頼に10で返すつもりで、一生懸命仕事をしました。そして、心に余裕が生まれてきたと感じる頃には、楽しい仕事がどんどん増えていることに気づきました。

詳しいストーリーは忘れてしまったのですが、「バルコン」（ジャン・ジュネ作）というフランスのお芝居のなかで、高級娼家のマダムが、仕事熱心じゃない若い娼婦に説教する場面があります。

「どんな仕事でも、それを愛することよ。すると今度は、その仕事がたくさんの愛をくれるわ」

今でも、困難な事態に直面したときはいつも、言葉の〝妖精〟がわたしの耳元でそうささやき、夢の扉をあけた初心の日々をわたしに思い出させてくれるのです。

Setsuko Tamura's carefree life

Chapter 5
おばあさんは前途悠々

おばあさんの知恵や経験は魔法

どこかの国では、「老人がひとり亡くなることは、図書館をひとつなくすことである」と言われているんですって。年齢を重ねた人には、そこら辺の学者や専門家もかなわない、生きた知恵がいっぱい詰まっています。

子どもの頃からずっと憧《あこが》れていたのはおばあさん。お天気のことや季節や暮らし、食べもののこと、何を訊《き》いても知っていて、何があっても慌《あわ》てないで対処する様子に、魔法みたいなものを持っているように思えたんです。こんなふうにものごとがわかったらきっと面白いだろうなぁ。早く一人前のおばあさんになりたいなぁ。おばあさんになったら魔法使いになれるんじゃないかなぁ。ずっとそう思っていました。

わたしの憧れのおばあさんは、たとえば、アガサ・クリスティーの小説の主人公のミス・マープル、映画「ハロルドとモード　少年は虹を渡る」のモード、手作りの庭で有名な絵本作家、ターシャ・テューダー、75歳頃から絵を描きはじめたグランマ・モーゼ

ス……。

彼女たちは年齢をポジティブにとらえ、日々の暮らしを楽しんでいます。それだけじゃなく、知恵にあふれていて経験豊富、感動もいっぱい詰まっていて、ユーモアとエスプリがきいていてオールマイティでおごそか。きっと魔法も使えるんじゃないかしら、と思えるおばあさんばかり。

おばあさんのシワのなかには、いろんな経験がいっぱい入っているのね。それも、渋いものだけじゃなくて、キラキラしたものもいっぱい。ほほえみや涙、美しいお料理、花束やメロディ、夢、哲学、星屑……たくさんのものがたたみこまれているんです。

おばあさんのなかにはまた、元気な少女だって現役《げんえき》で住んでいます。今はおばあさんでも、もともとおばあさんだったわけじゃないから、赤ちゃんだったり、女の子だったり、お色気いっぱいの婦人だったりしたときもあったわけね。おばあさんのなかには、その全部がいるんです。しかも、みんな現役！　いっぱい経験を積んで、貴重な体験もいっぱい栄養にして、おばあさんになったんですもの。

魔法使いは空を飛んだりするんだけど、おばあさんが長い人生のなかで蓄《たくわ》えた知恵や学び、経験が魔法なんだと思います。悩んでいる人や困っている人に、魔法の杖をひと

昨年の初夏に
ターシャさんのひみつのお庭を訪ねました。
40名のグループです。
ターシャさんにはお会いできませんでしたが
コーギー君やファミリーのみなさまがやさしく
出むかえてくれました…
はだしのターシャさんが、ひと足ごとに、ひと息ごとに交流してきた
お庭です。ご長男のセスさんが「あなたが夢みてきた庭と、
現実の庭がちがっていないか心配です」と言いました。このところ
手入れがとどこおりがちなお庭にはありのままに雑草やコケが
自然に茂っています。
わたしたちは、がっかりしませんでした。
雨あがりのお庭にはシャクヤクやばら、ジャスミンなどの花々が
咲き乱れ、それはそれは強い香りを発して、ターシャさんの"気配"に
満ちていたのですから。
ターシャさんがお庭で、お庭がターシャさんなのでしょうか…
「わたしは庭仕事が好きで好きでたまりません」ターシャさんの
ささやきが耳もとでずっと、きこえていたのです。
わたしたちは、胸がいっぱいで、おしゃべりもしませんでした。
写真集や映像などで、すっかりおなじみのはずでしたが
ほんものの、ひみつのお庭に入り、このパワーにふれたよろこびを
それぞれの胸にギュッと抱きしめたのでした。田村セツコ。

Chapter 5
おばあさんは前途悠々

ふりして差し出せるものって、経験の引き出しからサッと取り出したものじゃないかしら。

年齢を重ねた方とお話しをしてみると、いろいろな思いを抑えていらっしゃることがわかります。でも、その方の心に、ビビッ、とくるものがあると、とたんに目がキラキラして、現役の少女のようになるんです。

たとえば、「古いカーディガンにかわいいボタンをつけてみたんですよ」とお話しすると、目をキラキラさせて、「そういえば昔、防空頭巾《ぼうくうずきん》におリボンをつけて叱られたわ……」とお好きな手芸の話を始めた方がいました。自分のなかにいる現役の少女が顔を出すのね。

おばあさんのなかには、図書館のように、いろいろな自分、さまざまな経験というものがたくさん内蔵《ないぞう》されていて、それらは、長い年月という魔法に磨かれて、真珠のような優雅な結晶になっているんだと思います。そして、そのひと粒ひと粒は、ネックレスのようにおばあさんの人生を飾るのです。

すてきなおばあさんたち

少女の頃から、ずっと憧れていたおばあさんという存在。おばあさんになったら、白い髪をゆるくおさげにして、鼻にはハチミツ色の眼鏡《めがね》をのっけて、胸元にはカメオのブローチ、肩には手編みのショールをかけて……。想像するだけでわくわくしたものです。

おばあさんハンターなので、映画を観ていても、映画のストーリーそのものや主人公よりも、脇役のおばあさんに目がいっちゃうんです。将来に対する準備というか、憧れみたいなものもあったんでしょうね。おばあさんチェックに余念がないわけ。

たとえば、エリザベス・テイラーの「予期せぬ出来事」の空港のシーンに登場する、いつも探し物をしているおばあさん。そのおばあさんは、空港のバーでセロリを立てたカクテルをグイッと飲んだりしているんです。

それから、００７シリーズの靴の先からナイフが飛び出るおばあさん。このおばあさんは重要な役だったかもしれないんだけど、たとえチラッとしか登場しないような脇役であったとしても、おばあさんの存在はキラリとした光を放っていて、観ながら、この人について行きたい！　お茶を淹《い》れてあげたい！　って思っちゃう（笑）。

アガサ・クリスティーの小説の主人公のミス・マープルみたいなおばあさんや「八月の鯨」の優雅なおばあさんもすてきなんだけど、もうちょっとひなびた感じのおばあさんや、潔《いさぎよ》くて、毒舌をはくシャープなおばあさんにも憧れます。

すてきだな、ただものじゃないな、と思うおばあさんというのは、みんな頭がいいのね。脳みそが新鮮っていうのかしら。森茉莉《もりまり》さん流に言うと「頭の中のミルクが新鮮」っていうかね。

「どんなおばあさんがお好きですか？」って訊かれたとき、この頃は、「カリッと仕上がったおばあさんです」って答えるの。余分なものが抜けて、焼き海苔《のり》みたいにパリパリとした香ばしいテイストのおばあさん。おばあさんだからって、しっとりしていなくていいと思うの。着物を着こなしたり、とかね。好みの問題だけど、今は、ステッキを持って、男物の古着を楽しんで着こなしているような、おじいさんポイおばあさんに憧れます（笑）。

人生は夕方から楽しくなる

わたしが憧れるすてきなおばあさんのひとりは、週刊誌のインタビュー記事で知った斎藤きみ子さん。すっかり色褪せてしまったその切り抜きには、「わたくし86歳、現役OLです。毎朝、鏡に向かうのが楽しくて……」という見出しと、チャーミングなきみ子さんの写真が載っていました。思い出せないくらい昔の記事です。

86歳で現役のOLである彼女のプロフィールにもビックリ。「特技は、英文タイプ、英文速記にレタックス。通勤時間1時間半も何のその」ですって。自宅のある横浜から東京まで、毎日通勤しているというのです。すごくカッコイイおばあさんだなぁ、と思いました。

きみ子さんは横浜生まれの横浜育ち。「英語に強い」フェリス女学院で学び、在学中から、社会に出て仕事をする日をそれはそれは楽しみにしていて、夜はタイピスト学校へ通い、タイプと英文速記を勉強したそうです。

「どうせなるなら、ナンバーワンのタイピストになってやろう、と思ったの」

こんなすてきな心意気で、卒業後はアルメニア人の貿易会社に就職し、その後も、イースト菌を扱うアメリカの会社、カナリヤを輸出するドイツ人の会社、百合根をアメリカへ輸出する会社、進駐軍の司書、県知事の秘書……と、よりよい条件を求めて転職。そして、66歳のときに転職して現在に至る、というOLとしての素晴らしい経歴を持った女性です。

「働ける場所があるわたしは、とてもしあわせです。こんなおばあちゃんを使ってくれる社長は、神さまみたいな人ですよ」

ナンバーワンになってやろう、っていうだけじゃなく、こんな天使のような心意気の持ち主でもあるんです。すてき。

斎藤さんは、26歳で結婚し、2児の母でもあります。仕事と家庭の両立は、どれだけ大変だったことでしょう。もう何十年も昔のことなので、なおさらです。

そんなきみ子さんのモットー（？）がまた、なるほどの連続で、思わず手をたたいてしまいました。

♡三つの言葉を言うこと

家庭円満、仕事順調の秘訣《ひけつ》は、「ありがとう」とお礼を言い、「どうぞ」とお願いをして、「ごめんなさい」と謝ること。このたった三言《みこと》が言えないために、お互いの心がだんだん離れていってしまうの。本当は誰にでもできることなのにね。

♡二つの袋を持つこと

旦那さまにおいしいものを作ってさしあげるいい胃袋《いぶくろ》と堪忍袋《かんにんぶくろ》。怒ったらだめ。笑顔がしあわせを運んでくるの。

♡「わたしはきれい」と鏡のなかの自分に暗示をかけること

わたしはきれい、といつも暗示をかけているの。自分にそう言ってやると、シャンとするものなの。あなたも言ってみて。

♡パンパンとたたいてシワをのばす

夜、休む前にはお湯で顔を洗い、そのあとは必ず水でひきしめます。そうして、クリームを塗ったらたたくの。お洗濯を干すときにパンパンとやるとシワがのびるでしょ。あれとおんなじ。

言葉で伝える、おいしいものを作る、笑顔でいる、自分をその気にさせる――。大事なことばかり！

写真のきみ子さんは、個性的なブローチやイヤリング、指輪が似合うすてきな女性。彼女の笑顔を見ていると、年齢とともに、人には、その内面からにじみ出る、燻《いぶ》し銀《ぎん》のような美しさが加わるのだということを実感します。

いくつになっても、人生まだまだこれから。きみ子さんにならって、「わたくし86歳、現役イラストレーターです。毎朝、鏡に向かうのが楽しくて……」って言える未来をこっそり用意したわたしです。

人生は夕方から楽しくなる、というのは案外本当のことかもしれません。

若くなくてもしあわせ

わたしは今年（二〇一五年）、四捨五入で百歳（笑）。本当にあっという間ですよ。おばあさんと呼ばれる年になりましたが、今でも、お気に入りのでたらめファッションに身を包んで、長く暮らしている原宿の街を闊歩《かっぽ》しています。原宿という街のせいもあるのでしょうか、「派手なおばあさん」という視線を向ける人はほとんどいません。もちろん、別に、変だと思われたとしても、あまり気にしません。おばあさんだからといって、地味な服を着なければならないという決まりはないでしょ。

世間の目を気にするよりも、自分が楽しく、心地よいように生きる。本当にわたしらしいおしゃれを楽しむ。何でもありの治外法権《ちがいほうけん》。これがおばあさんに与えられた特権です。

今は皆が、若くありたいと望み、やれコラーゲンだの何だのと、アンチエイジングに励み、若く見せることに躍起《やっき》になっているように思えます。でも、若いことがしあわせ

なのかしら？　若さとしあわせは比例するのかしら？　わたしはそうは思いません。

自分が若かった頃を思い出してみると、大きなものから小さなものまで、それこそ悩み満載で、ブルーな日々を送っていました。年上の人から「若くていいわね」と言われても、本人は深い悩みの森の中。しあわせをつかみ損ねた子羊のように、迷い悩む日々でした。

若いことがしあわせ、年をとることがふしあわせ。そんな錯覚は、早くとりのぞいてしまいましょう。年齢というものの仕掛けたわなにひっかからないようにせねば。年齢に関係なく、しあわせもあるし、ふしあわせもある。それが人生なんだと思います。

神さまから与えられた贈り物

古い外国の絵はがきで、舞台女優の、サラ・ベルナール（だったと思います）が、ゆりの花を彫刻したベッドに優雅に横たわる姿を見たことがあります。

じつは、このベッドは柩《ひつぎ》なのだそうです。彼女は柩で眠るのが好きで、とても心が落ち着いて、よく眠れるのだそうです。

ゆりの花がまくら元を飾るそのベッドは、波に浮かぶ舟のようでもあり、また山で眠る寝袋のようにも見えました。

わたしはしばし、うっとりと眺めました。〝死〟を意識せずにはいられない柩に眠るという、その突飛《とっぴ》とも思える発想が、いかにも芸術家らしく、新鮮な衝撃を受けたのを覚えています。

日本では、死についての話は縁起《えんぎ》でもない、と敬遠《けいえん》されがちです。でも、現実にはそうも言っていられないくらい〝死〟は身近に存在しています。

このところ、友人、知人を通して死に出会うことが多かったのですが、ご家族などの話によると、いのちの終わりというものは「じつにあっけないものだと思った」のだそうです。

生きて残るものは柩に手を合わせ、

「よくがんばりましたね。これからは、ゆっくり休んでください。そしてわたしたちを見守ってくださいね。また、お逢いする日まで、安らかに眠ってください」

と祈るのです。

わたしは最近、死ぬということは、人間が神から与えられた贈り物なのではないか、と思えるようになりました。

誰にでも、分けへだてなく、「ごくろうさまでした。では、ゆっくりお休みなさい」と渡されるごほうび。だから安心して、その日まで目いっぱい、遠慮なく元気に生きなさい。そう言ってくれているのだ、という気になりました。

もっと小さく、1日に単位をしぼって、朝、生まれて、夜、眠りについて、また朝、生まれて、夜、眠りについて。毎日は小さな一生の繰り返し、という考え方もあるそうです。

ゆりの花のベッドで、サラ・ベルナールもそんなふうに、毎日、新しく生まれて、舞台に登場していたのでしょうか。

ダンディな外山滋比古先生

猛暑《もうしょ》が続くので、「風のように読み、風のように考える」という外山滋比古《とやましげひこ》先生のお言葉が涼しく感じられます。

外山先生の『思考の整理学』（ちくま文庫）のページをパラパラしてみると、メモしたいお言葉がいっぱい。

「発明発見」「花の組織」「秘術は秘す」「朝飯前」「朝の頭は楽天的」「素材と酵素の化学反応」「見つめるナベは煮えない」「一晩寝て考える（Sleep Over）」「なにごともむやみと急いではいけない」「テーマ同士を競争させる」「謙遜《けんそん》」「知のエディターシップ」「詩はカルタとりのように」「異質な考えを結合させる」「無心」「主観的になることを警戒する」「セレンディピティ」「脱線」「転地《てんち》療法」「触媒反応」「refreshments」「田舎の勉強、京の昼寝」（この言葉が大好きでカーテンに書きました）「月光会」などなど。

ある日、お茶の水女子大学の講堂で外山先生の講演があると知り、かけつけました。

想像どおり、かろやかに登場された先生のお話は、「コンピューターは知識をいっぱい持っているけれど、考え出したり、工夫したりすることが苦手なので、人間とはその辺が違う」ということで、嬉しくなったのを覚えています。

お話が終わり、演壇を降りられた先生が、わたしの席のすぐ脇を通られたので、「大ファンです」と握手を求めようと一瞬思ったのですが、なけなしの理性を取り戻してがまんしました。まじめな受講者のみなさまに失礼になると思ったのです。

外山先生はお書きになるものだけじゃなくて、風貌《ふうぼう》もすてき。お年を召されてからダンゼンすてきに、シックになられた外山先生は、奥深い知恵のかたまりのようなのに、何ともいえない味わい深い雰囲気やお人柄がにじみ出ていらっしゃいます。その表情、黒縁《くろぶち》の眼鏡、ダボッとしたジャケット……じつは、外山先生のルックスのお顔だけ女性の顔にすると、わたしの憧れのおばあさんになるのです。

わたしは、かわいらしい、ふっくらしたおばあさんが好きと思われるらしいのですが、じつは、おじいさんポイ、ダンディなおばあさんに憧れているのです。シャツにネクタイ、ゆったりした上着で、虫メガネを使って辞書を引き地球儀をくるくる回して、何かを考えたりしているおばあさんに。

お部屋には、すみっこにクモの巣が張っていたりするのもすてきです。

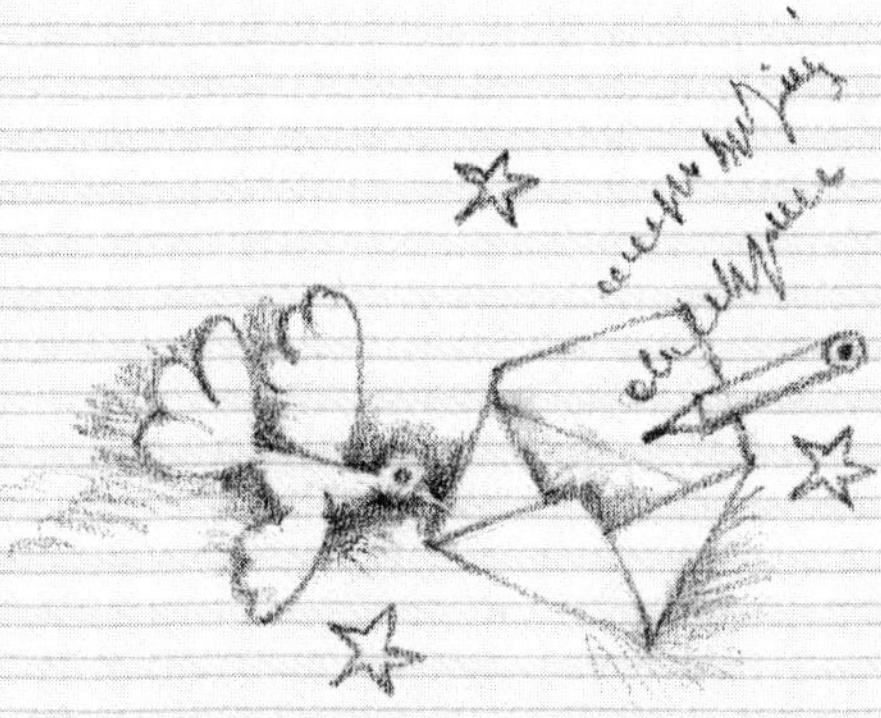

Setsuko Tamura's carefree life

Chapter 6
SETSUKOの魔法のお薬

大らかな気持ちを広く採用いたしましょう

言ってしまってから、「あっ、しまった」と思うことがよくあります。

罪のないのどかな失敗から、言ったあとでハッとして、「今のはこう言いたかったわけで……」と一生懸命心のなかで言い訳したくなるものまで、失言《しつげん》にこと欠かないわたしです。ちゃんと説明できないまま、落ち込んでしまうこともしばしば。

多分、誤解されただろう、って思っても、悪気はなかったのだし、心と口の配線がうまくつながらなかっただけ、と、無理やり丸くおさめて、とりあえず眠ってしまう。そんなことの繰り返しなのですが、ある晩、そうやって眠ったあと、ひとつの提案がヒラリと持ち上がりました。

自分の失敗のときだけ、この都合のよい考え方を採用するのはいかがなものか？　これは広く他人にも採用すべきではないのか、と。なるほど。

たとえば、誰かから傷つくような言われ方をしたときには、一応、ムッとしたあとで、

「しかし、あの人が、こんなひどいことを言うわけがあろうか？　いや、ない。きっと本当は、こう言いたかったにちがいない。そういえば、あの人は口下手《くちべた》のタイプだったっけ。心と口の配線が、うまくつながらなかったのでしょう、きっと。ＯＫ、ＯＫ、許しますとも!!」

と、どんどん平和な方向へ進むことにいたしましょう。

さらには、「本当は、褒《ほ》めたかったのにちがいないわ」と、お気楽な解釈へと進めればなおよし。

人間関係も、ものごとも、その受け止め方、考え方は自由自在、なのかもしれません。

欠点や突っ込みどころがあるって大切なこと

「ダメだなぁ。100パーセントを狙《ねら》ってる」

これは卓球のコーチが選手に対して言った言葉なのですが、100パーセントを狙うと、からだが硬くなってしまうそうです。

完璧にしようとか、ぜったい間違いがないようにしようと思うと、どうしてもからだが硬くなってしまって、かえって能力を発揮《はっき》できないんですって。車のハンドルにも、装置の動作に反映されない範囲で、隙間《すきま》とかゆるみといった「遊び」が意図的に設計されているらしいのだけど、ガチガチになってしまわないで、ある程度の遊びがあったほうが、何事もスムーズにいくんじゃないかしら。

ここぞ、という肝心《かんじん》なときに力を発揮するには、いかにリラックスして、いかに力を抜くかが大事なんだそうです。

また、野球選手では、

「いかに打てて守れて走塁《そうるい》がすばやくとも、その選手が過度の責任感に陥《おちい》りやすい場合には、その選手を使わない。精神的にも、あらゆる動作にも、ゆとりのある力が出なければならないから。気楽な状態なら、あらゆる筋肉が弾力性を持ち、総合的に作用し合う。したがって、ボールを打つ場合の最も効果的な方法は、気楽な状態で打つことである」

という解説を聞いたことがあります。何事においても、どんなふうに力を抜くかが大切なんだなぁ、と思ったことでした。

ある程度おちゃめというか、欠点や突っ込みどころがあるって大切なこと。それでないと、病気になっちゃうんですって。精神科を訪ねる人の多くは完璧主義者なんだそうですが、ふむふむ、と納得したのでした。

落ち込んでいるときこそ、ほほえみを

チャップリンの名曲〝スマイル〟。

Smile, when your heart is aching.

そよ風が頬をなでるような、フィギュアスケートのスパイラルを見るような、なんともロマンチックなそのメロディには、「どんなに落ち込んでいるときも、ほほえみなさい。そうすればやがて、雲の切れ間から、陽《ひ》の光が顔を出すでしょう。そして、人生は捨てたもんじゃないと気づかせてくれるでしょう」、そんな詩がつけられています。

「ほほえめばしあわせになれるなんて単純ね」と言う人もいるかもしれませんが、落ち込んでいるときにほほえむって、じつはとっても難しいんです。だからこそ、ほほえむと、陽の光が、ごほうびのように顔を出してくれるんじゃないかしら。

考えてみると、落ち込んでいるときは下を向いているイメージだけど、ほほえむときは口角《こうかく》が上がり、顔も上向き加減のイメージ。顔を上げているからこそ、ふりそそぐ陽の光に気づくこともできるのかもしれません。

「ロマンチックというのは、人間が、泣きたいときに、泣くかわりに微笑すること」という田辺聖子《たなべせいこ》さんの名言がありますが、泣くかわりにほほえむって、なんとうるわしいことでしょう！

ほほえみの力はばかにならないそうです。ほほえむと、首や肩、からだのあちこちの筋肉や蝶番《ちょうつがい》のきしみがほっとゆるんでからだを楽にし、いろいろな〝気〟や〝液〟が流れやすくなる、そういう構造になっているんですって。ほほえみは、からだにもすてきに作用するらしいのです。

「人はしあわせだから笑うんじゃなくて、笑うからしあわせになる」って言われますが、ほほえむことで心もからだもほっとゆるみ、「悲しみよこんにちは」って言えるゆとりが生まれるのかもしれません。

古い考えよ、さようなら。新しいアイデアさん、こんにちは！

「もしもし、最近は何やってるの？」

これは久しぶりの友人が必ずしてくる質問で、翻訳すると、

「いつも、3日も続かない健康法を次から次へとごくろうさま。ところで、今凝《こ》っている健康法はなあに？」

ということなのです。

机に向かってコツコツと（?）絵を描く仕事というのは、なんとなく〝からだに悪い〃というイメージがあって、やたらと健康法に憧《あこが》れてしまうのです。憧れていると、アンテナがそっちを向くらしく、いろいろな情報が飛び込んできます。万歩計《まんぽけい》、竹ふみ、アロエ、根昆布《ねこんぶ》、米ぬか、ラジオ体操、ヨガ、合気道《あいきどう》、太極拳《たいきょくけん》etc.……

お金のかからないものなら何でも試してみたのですが、わりあい気に入っているのが、自分で発明した〝霧吹《きりふ》き健康法〃です。

ある日、室内の観葉植物に水を吹きつけるガラスの霧吹きを買ったのですが、これがなかなか美しいシロモノで、ガラスに入った新鮮な水を植物にシュッと吹きかけるついでに、思わず自分の顔にもシュシュッとやってみたのです。すると、まあ、なんていい気持ち！　生き返るようです。とくにおでこのあたりにかけると、前頭葉《ぜんとうよう》が刺激されるらしく、たちまち、「古い考えよ、さようなら。新しいアイデアさん、こんにちは！」という気分になるではありませんか。しめしめ、とこれは大いに活用させてもらっています。

健康には、①栄養、②運動、③休養、④心の平和（いい気分）のバランスが大切なのだそうですが、買い物でも、音楽でも、食べものでも、読書でも、お化粧でも、その人自身がいい気持ちになれるものを見つけて楽しんじゃえばいいのでは、と思うのですが、どうでしょう。

眠れない夜に効く楽しい瞑想

母がまだ生きていた頃のことです。時々、心臓が苦しくなると言うのですが、お医者様は病気というほどのものではないとおっしゃいます。

そのときに教えていただいたことがあります。

気を楽に持つこと。ゆっくりと呼吸をすること（呼吸というのは本当にありがたいもので、呼吸を意識するとしあわせになれるそうです）。

目を閉じて、好きな風景を想像すること。そして、香りのよい一本の樹を思い描くこと。その樹の枝には花と果実がいっぱい。小鳥はさえずり、地面にはキラキラと宝石が光っている……。夜、眠る前にこんな瞑想《めいそう》をすると、ずいぶん、心臓が落ち着いてくるそうです。

実際、目を閉じて、そうした風景を思い描いてみると、気持ちがふんわりほどけて、心地よいやすらぎに包まれてゆくのがわかります。

また、日常生活のなかで身のまわりのものをかわいがることや、好きな食器や部屋にあるものをきれいに磨いたり、洗濯物をゆっくりていねいにたたんだり、手にクリームを塗って、あたたかくなるまでやさしくなでたりすることもいいですよ、と教えていただきました。

眼鏡のレンズを洗って拭く、鉢植えに水をやる、好きな音楽を聴く、といったことも。そういうことを楽しむのは、どんな薬よりよく効きますよ、とのことでした。すべて、そのように何かに集中していることを瞑想と言うそうです。

薔薇の香り呼吸法

これは、音楽の先生から教えていただいたもの。

「息を吸うときは、薔薇《ばら》の花の香りをかぐように」

すてきでしょ。ゆっくり深く呼吸するってとても大事なことなんだけど、薔薇の香りをイメージして息を吸うと、歌が上手になるだけじゃなく、からだのなかから美しくなれそうな気がしませんか？

「赤毛のアン」シリーズのなかに、「あなたはすみれの言葉でお話しになるのね」というセリフがあったのを思い出しました。

わたしが首から下げている単語帳にも、「呼吸は魂に栄養を与えてくれる」と書いてある1枚がありますが、ゆっくり呼吸をすると、魂に栄養がゆきわたり、細胞も喜んで

くれるような気がします。

しかも呼吸を意識するとき、「薔薇の香りをかぐように!!」

ぜひ試してみてくださいね。薔薇の香りがからだのすみずみまでゆきわたっていくようで、すてきな気分になることを保証します。

ものは考えよう

蒸し暑い日が続き、世間《せけん》のみなさまのご機嫌《きげん》やいかに、と眺めてみると、汗を拭き拭き、今にも倒れそうな人が歩いています。連れている犬も、すっかり世の中がいやになったように、だらだらと歩いています。かと思うと、きちんとしたスーツを着て、颯爽《さっそう》と前向きに歩いている人もいます。いろいろです。

ラジオで暑さ対策の放送をしていました。冷たいものをリンパの流れに当てたり、風通しをよくしたり、といったもののなかで、わたしが気に入ったのは、「今を冬だと思う」という案です。

「寒い冬なのに、暖房をきかせすぎている。我が家はなんと贅沢《ぜいたく》なお金持ちであろうか！」

そんなふうに言いながら、扇子をパタパタ、椅子にふんぞり返ってみたら……暑い夏をおちゃめに乗り切れるかもしれません。

元気の秘密

新聞で外《と》山《やま》滋《しげ》比古《ひこ》先生のインタビュー記事を読みました。90歳を超えて「日々、健康になっていると笑う」という、冒頭のすてきなお言葉に惹《ひ》かれて読み進んでみると、そこには外山先生の「元気の秘密」がいっぱい。それは、頭の散歩、足の散歩、手の散歩、目、耳、口の散歩というたくさんの「散歩の秘密」なのでした。

頭の散歩というのは、朝、目が覚めてもすぐには起きないで、寝床のなかで何か楽しいこと、面白いことはないかと、30分くらいあれこれ空想すること。

足の散歩というのは、歩くことなのですが、すごいと思ったのは、散歩のためだけに定期券を買って丸の内に「出勤」し、皇居周辺を歩いていらっしゃるということ。冬場は家の近所、雨の日は駅の地下道を歩かれるそうです。

手の散歩というのは、主に家事をすること。奥様のからだが不自由になってからは、料理などはご自分でなさっていたそうですが、ウツウツとした気分も家事をすることで

スッキリするとおっしゃっています。

それから、目や耳や口の散歩というのは、たとえば、畑違いの人たちと集まる機会を持ち、お喋《しゃべ》りすることだそう。そうすることで、へぇー、と新鮮な気持ちになる、と外山先生。

こうしたことを「散歩」と名づけた外山先生の言葉のセンスもすてきですが、どれもすぐにでも真似したいと思うことばかり。さすが、外山先生です。なかでも、すばらしい！　とピピッと反応したのは、「朝の散歩」。早速明日の朝は、ベッドのなかで朝の光に包まれながら、楽しいことや面白いことをたっぷり空想してから起きることにしましょう。

ところで、このインタビュー記事の最後で、老人だからといって人に頼ってはダメ、と外山先生。「年金をもらうことより、どうやったら税金を納められるか、考えるくらいでないと」ですって。ますます、外山先生のファンになりました。（拍手）

お料理はすてきな気分転換

気分がパッとしないときは、「ま、別に無理して元気にならなくてもいいんだけど……」と、余裕を持ってつぶやきながらキッチンへ。
お肉がジュージュー焼ける音や漂ういい匂いは、精神衛生上、とてもよいことなのだそうです。

今日は、大好きなオレンジ・マーマレードを作ります。

まずは、夏みかんの皮を湯がいて苦味を取ります。ほろ苦い味が大好きなので、ほどほどに。次に、その皮を細く切り、中身もくずしてコトコト、トロトロ煮込みます。お塩をチョッピリ、お砂糖はタップリ入れて、全体がとろ～り！ としたら、水溶き片栗粉で仕上げて、できあがり。

マーマレードは部屋中をオレンジの香りで満たし、甘くて苦い、透きとおったシトロン色のひと匙《さじ》は、口のなかでうっとりと溶けてゆき――。ちょっと疲れ気味のときのひと匙は、パッと気分もよみがえるすてきな気つけ薬にもなります。

オリジナルのスペシャルドリンク

テニスの試合を見ていて、選手たちがいろいろな色のスペシャルドリンクを飲んでいるのを見て思いつきました。

毎朝、コーヒー、紅茶、日本茶を淹《い》れておくって書きましたけど、オレンジのスライス、ベランダのミントの葉っぱとか、そのときの気分でいろいろなものを混ぜてスペシャルドリンクを作るのです。

♡ピリピリ刺激味が大好きなわたし。コーヒーにシナモンや黒こしょうをパラパラ。

♡濃く淹れたお紅茶には、オレンジ、レモン、ゆずなどの皮つき輪切りやりんごのスライス、しょうがを刻んで入れます。

♡日本茶には、さんしょの葉っぱをちぎって入れたりします。

♡お抹茶には、こぶ茶やあずきを混ぜて栄養おやつに。

気つけ薬としてのオリジナルカクテルは、またの機会に（笑）。

秘密のクリーム、秘密のエステ

個人的には、発明・発見の日々と申しましょうか。人生というのは、もう出尽くしていると思っても、新しい発見や発明をする余地は毎日いっぱいあります。

最近のわたしの発明は、〝スペシャル・スースークリーム〟。

例の青い容器のニベアクリームとメンソレータムをミックス。スプーンでぐるぐるかきまぜると、わたしの大好きな秘密の『スースークリーム』のできあがりです。

今年の夏がとても暑かったので、暑さに弱いわたしがいのちがけで工夫したクリームなのです。ニベアクリームとメンソレータムの分量を調節して、マイルド、ややスースー、とってもスースーとか、3種類くらい作って、常備しています。

このクリームを鼻のまわりにちょっと塗ると、すごいことに。パッと目が覚めて、頭がすぐに、今が朝なのか夜なのかを判断するのです。次におでこやこめかみに。次に手足に。するともう全身がスースーして、ウルトラ元気になるのです。ツボツボに、ピピ

ピッとつけたりね。

メンソレータムのマークになっている小さな看護婦さんは、ハリウッドの名子役、シャーリー・テンプルちゃんがモデルといわれています。テンプルちゃんは写真を撮るとき、ステージママから「スパークよ、テンプルちゃん。スパーク!!」と言われて、パッと笑顔をつくったそうです。

メンソレータムは軟膏《なんこう》で、「しもやけ・あかぎれ用薬」と書かれています。しもやけ・あかぎれというと、ずいぶん地味で「わたしには関係ないわ」と、お若いみなさまは思うかもしれません。しかし、見落としてはいけません。

「すぐれた血液循環作用と消炎作用を発揮します」と、小さな字で書かれています!! これを塗って、かるくなでておけば、ちょっとした秘密のエステになるのでは？ しかも、とてもお安いのです。

感謝は消費税のかからない贈り物

あるもので工夫するのがあたりまえの時代に育ったので、購買意欲はそれほどなくて、あれもほしい、これもほしいとは思いません。

どうしてもほしいものは、一生つきあうつもりで。ですから、傷《いた》んだからって捨てるんじゃなくて、修理したり、リメイクしたりしながら、とことん使い尽くします。

人のからだもおんなじかもしれません。自分のからだをじっくり見つめてみると、それがかけがえのないものだってことがわかります。そうすると、大切にしなくちゃ、と思えてきて、思わず「ありがとう」って、心からの感謝を捧げたくなります。

駆け出しの新人時代、無理がたたってからだが悲鳴を上げ、自律神経失調症《じりつしんけいしっちょうしょう》になってしまったことがあります。当時は聞きなれない病名だったので驚いてしまい、ヨガや東洋医学の本を片っ端《ぱし》から読みあさり、ありとあらゆる健康法を試してみました。

そのときに知ったのは、「からだが心をつくり、心がからだをつくる」ということ。どちらか一方ではなく、「心とからだの両輪《りょうりん》を大切にしなければならない」ということでした。「この世でいちばん心身に悪いのは怒りと嫉妬《しっと》、いちばん良いのは感謝《かんしゃ》」ということもそのときに知り、いちばんの感謝をこの世で最もすてきな贈り物である自分の「生命」というものに対して捧げなくちゃ、と思うようになりました。

何かで読んだのですが、「ありがとう」という言葉の響きは、細胞にもいい影響を与えるらしいのね。今、いのちがあることに対して「ありがとう」。自分の心とからだのすべてに「ありがとう」。感謝は無敵。感謝の言葉は、消費税のかからないとびっきりの贈り物じゃないかしら。

お気に入りの場所を見つける

なんとなく気持ちがふさぎ、落ち込んでしまう日があります。

そんなときのためのとっておきの方法。それは、そこにいるだけでほっとやすらぐ自分だけの居場所、いわゆるセーフティーゾーンを持っておくこと。そこで、しばし雨宿《あまやど》りするのです。すると、いつの間にか心のなかに晴れ間が見えはじめます。その先に虹《にじ》がかかっていることだって、あるかもしれません。

自分の部屋がなくても大丈夫。部屋の隅にお気に入りの写真やポストカード等を貼って、そこを自分だけの場所にすることもできます。人によっては、木の上や光が差し込む窓辺、あるいは、キッチンやトイレがお気に入りの場所、ということだってあります。

人はともかく、わたしのお気に入りの場所は、電車のつなぎ目、公園のベンチ、映画館の暗やみ、ベッドのシーツのシワのなか、カフェやキッチン、トイレの片すみ――etc.。

そんななかでも、昔から好きだったのが、郵便局の空間。郵便局に行くと、そこでは、切手やスタンプ、伝票やお金、ペンや糊やガムテープ、封筒や箱が忙しく活躍し、大切なメッセージや品物があちらこちらに運ばれてゆきます。その様子を見ていると、信頼と尊敬の念が胸に広がり、心がほんわかとしてきます。

赤いバイクの郵便屋さんもすてきな存在。道ですれ違うと、一方的にあいさつしてしまうわたしです。

52円とか82円切手を貼るだけで、大切なメッセージを遠方に届けてくれるのは、つくづくありがたいこと。ちなみに、これを友人などに託した場合、いったい謝礼をどれくらい払ったらいいのか？　見当もつきません。

切手といえば、これは聞いた話ですが、フランスの山のなかで、寂しさをまぎらわせるために、友人に手紙を書いた貧乏画家のエピソードを思い出します。切手のかわりに、友人の似顔絵を切手の位置に描いて投函《とうかん》したところ、後日、手紙はちゃんと届いたというもの。

粋《いき》な郵便屋さんが、すました顔でこの手紙を配達している姿を想像すると、なんだかしみじみ嬉しくなります。「さすがフランス!!」

トイレは、心とからだの再生の場、秘密の美容院

トイレが大好きなわたし。再生の場としてすごく好き、ってどこかに書いたことがあるのですが、あるとき……。

紗《しゃ》のかかったすてきなビニールで仕切られた、半透明の個室というか、シャワールームみたいになったトイレがあり、便器に座ってスイッチを押すと、壁面からトレイがピュッと出てきたんです。そこには、香水とか化粧水とかがいっぱい並んでいるのね。お化粧もできる美容院みたいなトイレで、そこには音楽が流れ、いい香りも漂っていて、そよ風も吹いている。すごくすてきな空間で、こういうトイレっていいなあ、って思っていたら……夢でした。

わたしが住んでいるアパートのとなりのビルに、マッサージサロンがあったんです。そこでは、それぞれのスペースがカーテンで仕切られ、心地よい音楽がかかっていて、そのことをすてきだなぁ、と思っていたので、その印象がトイレと一緒になって、夢に

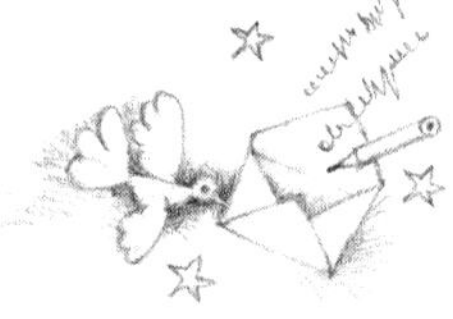

出てきたんでしょうね。

でも、便器に座ったまま、トイレもメイクもできるって便利じゃありません？　そこでお茶も飲めたら面白いわね。

衛生状態のことを考えて、トイレは不潔とされているけれど、水洗じゃなかった大昔のイメージを引きずっているから、なおさらそう思うのかもしれません。でも、今のトイレは、レバーやスイッチを押せば、勢いよくお水が流れます。昔のトイレを知っているものとしては、これって贅沢なことだし、お姫様の生活じゃないかと思ってしまいます。ですから、わたし自身、トイレは不潔ってイメージはぜんぜんないんですね。

わたしにとってトイレというのは、心とからだの再生の場、秘密の美容院。これが実感なので、トイレに入るのが大好きなんです。

誰にも邪魔《じゃま》されない自分だけの空間だから、楽しい工夫も少々。アパートには庭がないので、壁面に緑の森と檸檬《レモン》の絵を描いて、そこに、わたしのアイドルであるダンディなおじさまたちの写真をコラージュしたパネルをかけているんです。トイレに入るたび、そのパネルをチラッと見て、「あっ、どうも」とか言うのね（笑）。アイドルの写真を貼ったりしている男の子や女の子たちの気持ちがよ～くわかります。

すてきなトイレ

頼まれもしないのにアイデアを考えたり、デザインをする癖《くせ》があります。

小学校の夏休みも、宿題以外に、空《あ》き箱で紙芝居を作ったり、夢みるお部屋を作ったり、2学期の朝は大荷物をかかえて登校して、友だちや家族に笑われたものです。

さて、トイレのカバーです。

トイレは清潔感が第一、カバーなんておことわり。ま、ごもっともですが、トイレを楽しき小部屋と考えるのもいいと思います。美容と健康と思索の場として。

天下の大女優、マレーネ・ディートリッヒが、インタビューの記者団に向かって、美しさの秘訣《ひけつ》は「トイレに行くことよ」と、すまして答えたというエピソードを思い出しました。さすがの貫禄《かんろく》。美の基本を堂々と示したのでした。

このカバーは、とりかえることができます。子どもが喜ぶものや、おしゃれなもの、シックなもの、いろいろです。

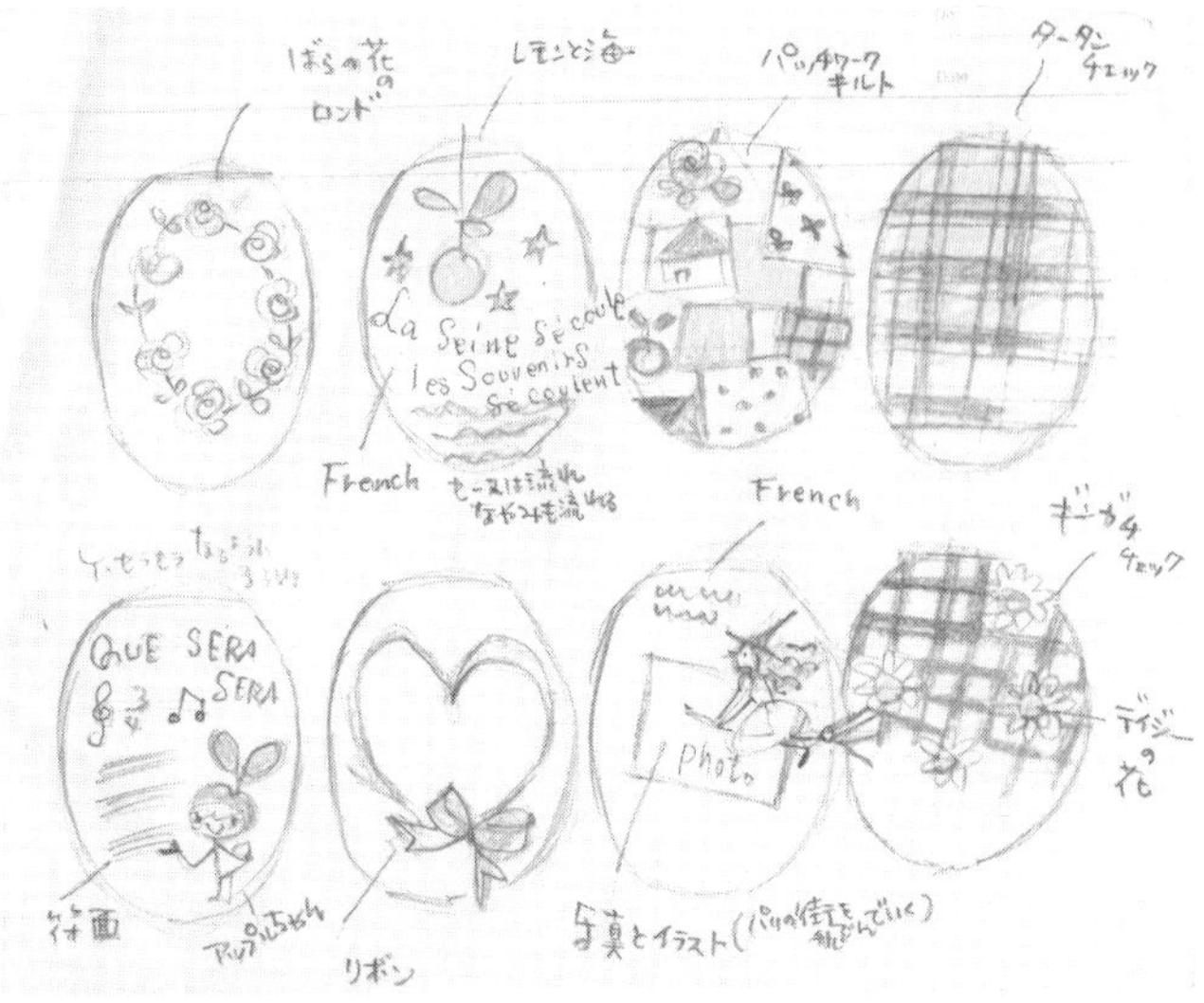
ばらの花のロンド
レモンと海
パッチワークキルト
タータンチェック
La Seine s'écoule
les Souvenirs s'écoulent
French
French
QUE SERA SERA
photo
アップルちゃん
リボン
写真とイラスト（パリの街を飛んでいく）
デイジーの花

細胞を喜ばせてあげましょう

手元に「精緻《せいち》な身体」のチャクラの図があります。これを見ていると、細胞からチャッチャカチャッチャカ、わたしたちのからだには、ものすごいネットワークが張り巡らされていることがわかります。

思ったことや考えたことは、意識した瞬間《しゅんかん》に、光の速さでからだのすみずみにまで瞬《しゅん》時《じ》に伝わり、それは、わたしたちを取り巻くオーラの領域にまで巡ってゆくそうです。

そのことを知って、どんなことでも、すてきなこと、ハッピーなこととして採用し、それをからだ中のネットワークに巡らせなくちゃ、って思います。

たとえば、毎日飲んでいるお水のこと。アパートの住人のみなさまは、お水は買ったほうが安全と思っていらっしゃるらしく、わたしが「水道水を飲んでいます」と言うと、お取り寄せなさったほうが……とアドバイスしてくださいます。

でもわたしは、ガンジス川のお水よりはきれいと思って飲んでいるのです。それに、

「ありがとう！」「きれい！」と言って飲めば、水も喜んでおいしくなってくれるし、からだじゅうのネットワークも、そういうものとして受け入れてくれるんじゃないかしら、細胞《さいぼう》にその気になってもらうってことも大事じゃないかしら、って思っているのです。

そう考えると、もしも難しい問題にぶつかったとしても、このネットワークを駆使《くし》すると、とびきりユニークな知恵や解決策だって、ひらりと見つかるんじゃないかしら、って思えてきます。

目の前にある現実をどんなふうに受け止めるかってことは人それぞれですが、どうせなら、あれこれ気にするよりも、60兆個あるといわれている細胞はどうすれば喜んでくれるかしら、ということをあの手この手で考えてスイッチをポン、そうしたらあとは細胞におまかせ。それくらいの大らかな気持ちでいたほうがご機嫌うるわしくいられるような気がします。

上機嫌療法

人生で大事なことは上機嫌《じょうきげん》。はて、これは誰の言葉だったでしょう。上機嫌は本当に大事。でも、上機嫌でいるのはなかなか難しいです。気が滅入《めい》ってしまったり、いろいろなことにケチをつけたくなったり、不機嫌《ふきげん》へのお誘いが、日々、波のように打ち寄せてきます。気分というのは伝染するものだから、不機嫌だと自分だけじゃなく四方八方に迷惑をかけてしまいます。

アランは、『幸福論』（串田孫一・中村雄二郎訳　白水社）のなかの「ある療法」で、考えがとげとげしくなってくるときこそ、上機嫌療法をやってみるべきだ。すべての不運やつまらないものごとに対して上機嫌にふるまうと、ちょっとした心配事がきわめて役に立つようになる、そんなふうに書いています。

こげついたシチュー、堅くなったパン、太陽、ほこり、払わなくてはならぬ勘定、

底の見えた財布。こういうものが貴重な練習の原因となる。(中略)上機嫌療法をやると、物事はまったく別なふうになる。人は物事を気持のいいシャワーのように受け流す。身ぶるいし、二度ばかり首をすくめる。それから筋肉をのばして、しなやかにする。筋肉を、ぬれた下着のように次々と脱ぎすてる。すると、生命の奔流がせきを切った泉のように流れだす。食欲がすすむ。さばさばして生命が元気づく。

なるほど。心配事や不運に出会ったら、それは心のエクササイズのチャンス到来と考えて、おどけた仕草《しぐさ》で肩をすくめながら、その上に上機嫌のシャワーをふりまいてゆけばいいのね。悲しいことや辛いことがあったとしても、上機嫌にふるまうことによって、自分自身が鍛えられ、しなやかで元気な自分になれたとしたら、それはとっておきの魔法なのかもしれません。

上機嫌の秘密

いつも、無理してニコニコ笑う必要はないと思いますが、なるべくなら、女性には上機嫌でいてほしいです。

最近、ある女性の少女時代の話を聞きました。

彼女のお母さんは、お姑《しゅうとめ》さんとの同居ですっかり神経が弱ってらしたらしく、ふたりのバトルに彼女はハラハラといつも心配して、学校にも遅刻したり、休んでしまうこともあったそうです。

大人の世界は難しいことも多く、ややこしいらしい。したがって、ハラハラ心配している小さい女の子の胸のうちを想像するゆとりもありません。

じつは、このような話は1人だけではなくて、「わたしもそうでした。それどころか、母は、自分で……」と、声をつまらせた人もいます。

大人の女の人は、我が子の胸のなかが涙でいっぱいになっていることに、どうか気づいて、ハッと我れに返ってほしいのです。そうしてスイッチを切り替えることができたら!! 少しでも明るい方向に向ける、秘密のワザを身につけてほしいです。お母さんの笑顔は、どんなごちそうより、子どもにとって大好きなもの、元気の源なのですから。

もうひとりの自分

気分が落ち込んだら……？

「どうされましたか？」と、やさしく椅子《いす》を差し出してあげましょう。そして、たくさんの引き出しの中から、今、効き目がありそうなひと粒のお薬を選んであげましょう。その引き出しには、今までに見つけた大切な「大好き」がいっぱいいっぱい入っているのです。

My favorite things. それはごくごくささやかな、その人だけのお気に入り。日常の暮らしのなかで、シャワーのようにふりそそぐ「大好き」のかけらたち。それらを、心のアンテナでピピピととらえて、ためておくのです。あなただけのすてきな引き出しのなかに、楽しい財産《ざいさん》、妙薬《みょうやく》として。

そういえば、木の薬箱に入った置き薬《おきぐすり》がどこの家にもあって、お母さんたちは、家族が風邪《かぜ》をひいたり、熱があったり、おなかが痛かったりするときは、このなかから薬を選び、飲ませたものでした。

あの『赤毛のアン』の作者、モンゴメリさんも、気分はハッピーばかりじゃなくて、毎日、天国《てんごく》と地獄《じごく》を行ったり来たりしていたそうです。また、有名な詩人のバイロンさんは「自分の生涯で、幸福だったのは3時間ぐらい」とつぶやいておられます。

名医のあなたは、そんなエピソードも、もうひとりのあなたに、やさしく、クールに、おちゃめに、ささやいてあげてください。

人生は、セ・ラ・ヴィ！ それが何か？ で切り抜ける

お金がない。時間がない。才能がない。部屋が片づかない。自分にとってのないもの探しをして、「ない」で終わる言葉を羅列《られつ》してみると、わたしにはないものがいっぱい、そんなふうに思えてきます。

そんなときは、フランス人のように両手を広げて、表情たっぷりにおどけてみせましょう。

お金がない。それが何か？
時間がない。それが何か？
才能がない。それが何か？
部屋が片づかない。それが何か？

開き直りと言えばそうなのかもしれませんが、フランス人の仕草《しぐさ》を真似て肩をすくめ、「それが何か？」って言ってみると、悩んでいる現実がおちゃめな現実に早変わり。

「悲しみはジコチュー」ってどこかに書いたと思うんですけど、悩みもおんなじなのね。その部分だけを見つめてしまうから絶望的になってしまったりするのだけど、ロングショットで世間を見ると、あらら、こんなの自分ひとりじゃない。そんな人はいっぱいいるってことに気づきます。なあんだ、仲間がいっぱいいるみたい。

悩みが心に影を落としそうになったら、「セ・ラ・ヴィ！」「オ・ララー♪」と笑ってしまいましょう。

名作の助けを借りる

ふう……とため息がもれる夜があります。

そんなとき、どこからか、妖精《ようせい》たちが飛んできます。どうやら、本のページの森から、のようです。


「大丈夫？」

「泣いちゃだめよ」

「ほらネ、わたしたちがついているから！」


『不思議の国のアリス』のアリスや『長くつ下のピッピ』（アストリッド・リンドグレーン著）のピッピ、『愛の妖精』（ジョルジュ・サンド著）のファデット、『赤毛のアン』のアンや『十七歳の夏』（モーリーン・デイリ著）のアンジィ——。本の森の妖精たちは、ふんわ

りと、かろやかに、あるいは力強く、心がうすぐもりの日のわたしを励ましてくれます。

一緒に聴こえてくる彼女たちのひとりごとも魅力的。


「さ、早く泣きやみなさい。いやだわ、あたしったらばかみたい」

「ママ、わたしは大丈夫。元気でやっているから安心してね」

「生きてるってしみじみ嬉しいわ。ぞくぞくっとしないこと？」


女の子は、「ひとりごと」でできている?!

ひとりごとを自分自身につぶやきながら、持ち前の明るさとユーモア、想像力で、苦《く》境《きょう》を乗り越えてゆく本の森の妖精たち。悲しみに埋《う》もれず、知恵をふりしぼって、ヒラリと這い上がってゆくその姿に、どれだけ励まされたことでしょう。自分で決めた自分の道に向かって、次の1歩を踏み出してゆく彼女たちは、かわいらしいのに、強いのです。

おばあさんもまた、よくひとりごとを言います。「あらま、どこ行っちゃったかしら、眼鏡、眼鏡」「そうそう、電話をかけなくちゃ。ええっと、誰にだったけ」「さあ、大変」「まあ、いいか」「ええと、それから」などなど。

なかでも、不思議の国のアリスは、ひとりごとで生き抜いているみたいです。「あら、たいへん」「へんなの」「ほらほら、泣いたって仕方ないでしょ！」と、けっこうビシッと自分を叱ってみたり。

ひとり暮らしのわたしですが、本棚のなかには、耳元でささやいたり、背中を押したりしてくれる心強い同士や親友が住んでいます。

彼女たちの助けも借りながら、わたしも、ヒラリと次のステップへとまいりましょう。

とくべつあつらえの「ものさし」

合気《あいき》道《どう》を勉強することになり、ある道場を訪ねたときのことです。

「受付はどこですか？」

と尋ねると、道着姿の若者が2、3人、サッと立ち上がり、「ご案内します」とニッコリ。まあ、さすがスポーツマン、なんてさわやかなマナーでしょう、と感心しつつ、申込書に記入しはじめると、彼らもさり気なく見ています。

さて、生年月日を書き終わり、「このあと、どちらに行けばよろしいのでしょうか」と尋ねると、さっきとは打って変わった、つまらなさそうな態度で奥を指さし、「あっちです」と突っ立っているではありませんか。

わたしはすぐに気がつきました。

「あーら、ごめんあそばせ。わたしの年齢がそんなにお気に召しませんでしたの、オホホ……」

とても言ってやりたかったのですが、まあ、わたしの若づくりにもモンダイがあったと反省してがまんしました。

パリでも、ニューヨークでも、たとえば空港のパスポートを見る係の人の目のなかに、一瞬、このがっかり感を発見することがありますから、世界中の人々がだいたいにおいて女性の年齢に関心が高いらしいことは察しがつきます（欧米の男性は、そのがっかり感を、一瞬のうちに「尊敬風まなざし」に変えるのがうまいようです）。

若さを重視するというのは、ある意味でもっともだとは思うのですが、それはあくまでもひとつの価値観。現在の自分に幸福を見いだして生きてゆくためには、そうしたものさしにまどわされないで、どこにも売っていない「とくべつあつらえのものさし」、「伸縮自在《しんしゅくじざい》の自分専用のものさし」を持つことが大切じゃないかしら。

おばあさんに憧《あこが》れ、すてきなおばあさんになることが夢だったわたしとしては、自分のピークを若い時期には定めなかったことを、今は「しめしめ」と思っています。これまでの人生で経験したさまざまな知恵とアイデアを総動員して、幸福なおばあさんをめざして、ひょうひょうと生きてゆけたらとてもしあわせだなぁ、と思っているのです。

価値観は人それぞれ。花開くときもまた人それぞれ。人はいくつになっても、年齢に関係なく、魔法使いにもなれるし、魔法もかけられるんですもの。

J・バーキンのエスプリとは？

　おしゃれなパリジェンヌ、J・バーキンさんは、ひところ、気づくといつも同じ丸い籐《とう》のバスケットを持っていました。バスケットなので、春夏の装いならぴったり。

　しかし彼女は、この、ふたをパカッとあけるバスケットを、冬のコートを着るときも、嬉しそうに持っています。よほど使いなれた、お気に入りにちがいありません。

　そんなある日、飛行機のとなりに座ったのが、エルメスの社長さん。このバスケットを見て、

「おお、有名な女優さんが、こんな素朴なバスケットで旅行しているなんて」と思ったらしく、さっそく、立派な革製のバッグを作ってプレゼントしてくださって、それが〝バーキン〟だったのです。

　以来、彼女はそのバッグを愛用。旅先のステッカーをペタペタ貼りつけたり、お守りをぶら下げたり、口がしまらないほど、モノを押し込んで、床《ゆか》にもじかに置いて、その

自由な使いこなしがまた、お似合いのスタイルとなりました。

しかし、わたしはひそかに思っています。

彼女はやはり、高級な革製のバーキンより、ふたをパタパタあけたりしめたりするたびに楽しくなる、あの無邪気な籐のバスケットが「大好き」にちがいないと。

わたしのおしゃれ
好きな服はいつもわたしを励ましてくれる

とくにこういうものでなきゃ、というこだわりはないんですけど、だんだんわかってきたのは、白とか黒っぽい色のものが好きで、あまりカラフルじゃないってこと。それから、どうやら白いブラウスが好きらしいってこと。

定番といえるのは、袖にゴムが入ったパフスリーブの白い木綿のブラウス。パフスリーブのブラウスは、わたしにとって、着ると元気になる服なんです。

大きな流れとすると、昔から学生っぽいというか、女学生みたいな恰好《かっこう》が好きなのね。白いブラウスにジャンパースカート、そんな組み合わせが好きなんです。

おばあさんになったら、白髪と学生みたいなファッションをどんなふうに組み合わせるかってことが楽しみでもあったんです。そこにステッキを持っても違和感がないようにするにはどうすればいいか、とか。

若い頃もブラウスの袖はだいたいパフスリーブなんですけど、合わせるスカートはタータンチェックが多かったようです。それから黒いベスト。こんなふうに思い出してみると、好きなものっていうのは変わらないんだなぁ、と思います。

いつも着ているパフスリーブのブラウスは、自分で縫ったもの。もうずいぶん昔のことですが、ヒッピー全盛の頃のアメリカを旅行したとき、こういうブラウスにロングスカートを合わせたファッションが流行《はや》っていたのね。それで、そのブラウスだけを真似して、自分で作ってみたのが蜜月《みつげつ》の始まり。わたしは型紙《かたがみ》を使わないので、布を裁断《さいだん》して縫って、襟口《えりぐち》と袖のところにゴムを入れて。とっても簡単なの。

わたしの教室の生徒さんのなかに、このブラウスと同じものを自分で作った人がいるんです。その方はパタンナーなので、型紙を自分で起こして。教室にはこのブラウスの愛用者が2、3人いらっしゃるのですが、割烹着《かっぽうぎ》の袖の部分が短くなった感じでかわいいし、着やすいし、とっても楽だし、着るとほがらかな気持ちになれるって大評判（笑）。簡単なので、ぜひ作ってみて！

スカートは、黒い木綿のスカートの裾にゴムを入れて、バルーンにしているの。昔、体育の時間にはいていたブルマーの延長ね。流行遅れかもしれないんですけど、何が流行っているとかはあまり関係がないのね。着てて楽しいってこと、動きやすいってことのほうが大事だから。やっぱり、どう生きるかということと同じで、ご機嫌うるわしくすごすためには何を着ればいいかしら、ってことがおしゃれの軸になっているような気がします。

旅行のスナップ写真を見ると、「田村さんだけ東京にいるみたい」ってよく言われるのだけど、そう思って見れば、どこへ行くときも同じファッションね。インドでも東京

でも同じなの。そして、気に入ったものは、何年でも何年でも大切に着ます。

じつはわたし、大人っぽいデザインのものやブランドのものは持っていないんです。似合わないっていうだけじゃなくて、高いっていう理由もあるらしいんだけど。

秋冬になると、ここに紺とかグレーのブレザーを合わせます。外山滋比古先生が着ていらっしゃるみたいなのが憧れ。男の人の背広みたいなブレザーに白いシャツを着てネクタイをして。寒くなるとそういうおしゃれができるのが楽しみですね。その上にコートとかを羽織ってもいいんですけど、理想のファッションはやっぱり外山先生。先生はわたしのファッションリーダーなんです。黒縁眼鏡は持っていないんですけど、ふふふ、そのうち買うつもりです。

エプロン大好き

エプロンは、さあ、何枚持っているでしょう？

家で仕事をするので、家事と仕事と両方に必要ということで。もともとエプロンが大好きということがあります。

「さて」と、エプロンをつけると、「テキパキ」「いそいそ」というエネルギーがみるみるみなぎり、働きやすくなるのです。

家だけでなく、近所に出かけるときも、ついエプロン姿です。たとえば銀座でも。ＴＰＯを考えなさい、というお声もあろうかと思いますが、たとえば自宅が銀座の裏道にあると思えば、ちょっとそこまでおつかいに、という気分でＯＫかも？

ある日、近所のＣＡＦＥに友人グループが来ていると電話があり、かけつけました。コーヒーのあと話がはずみ、ワインになりました。グループのなかに初対面のカナダ人のＪ氏がいましたが、あまり愛想《あいそう》がよくありません。「？」と思いつつも、友人たちと

は楽しくお喋《しゃべ》りして散会《さんかい》しました。

後日、別のパーティーで再会したJ氏は、前回とはうってかわって、ニコニコと近づいてくるではありませんか。わけを聞くと、前回は、エプロン姿のわたしをウエイトレスと思っていて、いくら親しい友人が来たからといって、コーヒーばかりかワインまで飲みはじめ、そしてほとんどお客と対等の態度で談笑しているので、あきれはてたらしいのです。

また、ある日のことです。

運動不足解消のために、ジョギングのひとつもと思い立ちました。昼間バタバタするのは恥ずかしい気がして、夕方、近くの公園を走ることにしました。

自宅をふつうに出て、人影がまばらになった頃、走り出しました。だんだん調子がとのい、ジョギングらしくなった頃、パーッと、いきなりライトが明るくわたしを取り巻きました。走りながら見回すと、音を消したパトカーがピタリと止まり、パッとあけたドアから警官がふたり、外向きに身がまえつつ、「追われてるんですか?」「大丈夫ですか?」と、口々に言って、心配そうにわたしを囲みました。

息をハアハアさせつつ、「あの、ジョギングをしているんです」。おふたりは「えっ」と驚き、「じゃ、照らしてあげるから走りなさい」。そして、「では、そこの角《かど》からUターンして戻って」と、ライトを向けてくださったのです。

「どうも恐れ入ります、どうもどうも」と、おじぎをしながら走るという、じつに不思議なジョギングとなりました。

やはり、ジョギングにはジョギングらしい服装があると反省しました。

エプロン姿にエナメルのパンプスはよくありません。

魔法の付録　田村セツコのハッピー語録

♡なんでもきちきち、完璧にやろうとしないのが長続きのコツね。

♡鏡とは不思議なもので、不機嫌な顔で見ると、それを2倍にして送り返してくるのね。逆もまたしかり。にっこり、最高の笑顔とまなざしを向ければ、鏡はいきいきしたパワーを返してくれて、それがまわりの人をも笑顔にしてくれます。

♡老いた親には薬よりほめ言葉が効くというのは本当ですね。口先だけじゃなく、本心ならば、ちゃんと届きます。

♡人生は、次々と起こる出来事をどう受け止めるかという選択の連続です。何を選ぶかは自分次第。

♡人はともかく、自分だけは、自分のことを信じてあげましょう。そうして、今持っているものに、心からの「ありがとう」を捧げましょう。自分のことを一番信じてあげられるのは、やっぱり〝自分〟なんですもの。

♡「怒り、嫉妬は感謝に勝てない」

♡姿勢が良いと、本当にそれだけできれいに見えるんです。見てくれ度3割増し、そのうえ、気持ちもしゃっきりして前向きになる。内臓も楽なので病気にもならない。お金のかからない美容法ですよね。

♡うぬぼれないこと。良い結果は一瞬喜んでからすぐに手放して、執着しないこと。執着せずに手放すからこそ、新しいものが入ってくるすきまができる。深呼吸と同じです。

♡完璧でなくても、多少不恰好でも、ひたむきに取り組んだ結果を、案外まわりの人は見てくれています。

♡謙虚であることは大切だけれど、足りない分は真心を込めて、人一倍、ていねいに取り組む。そうすれば、思いがけない人がそれを心に留めておいてくれて、めぐりめぐって、未来の自分にハッピーな気持ちを届けてくれるかもしれません。

♡生きるということは、実に一分一秒がはじめてのワンダーランド。未知の森へ一歩一歩わけ入っていくことなのです。「今日はいったいどんなことに出会うのかしら?」とにかくなんでもおもしろがって暮らしてみようと思います。

♡おしゃれは自分を元気にする魔法のビタミン剤です。

♡女の人って自分を元気にするのがとても上手。いくつになってもお気に入りのものや言葉、そして夢みる力などを総動員して、自分を励ましています。

♡レェスのような魅力的なアイテムはそうありません。
どうしてあんな美しいものが作れたのでしょう。

♡いやな人や苦手な人もふくめて、いろんな人とつきあうと、傷ついたりつらい思いをしたりしながら、心がピカピカにみがかれる気がするのです。気の合わない人と出会うことで、化学反応が起こって、昨日とちがう新しい自分になれるかもしれません。

♡ひどいことがあったら、「いい勉強になります」「あなたのおかげでいろいろ学びました。ありがとう」と心の中でごあいさつ。

♡人はちゃんと見ているから、ひとりで背負わないこと。何事もおおらかに受けとめればいい。だれかの言葉が気になったときも、「悪気はなかったんじゃないの」と思ってあまり深刻に考えないのがポイントです。

——『おちゃめな老後』『すてきなおばあさんのスタイルブック』（WAVE出版）より

お気に入りの家庭教師

朝夕必ず、キチッと来てくれる真面目な家庭教師、それは新聞です。スマホとかで何でも知ることができるので、今の若い人はあまり新聞を読まないそうですが、わたしは新聞が大好き。ゴワゴワとした紙の感触やインクの匂いも、すっごく好きなのね。

ポストにコトッって音がすると、ワァーッ、今日も来てくれた！　と思って、毎朝毎夕、ときめくの。雨の日も、ちゃんと濡れないようにビニールにくるまれて届くでしょう。それを外すときにまたときめくんです。

そんなすてきな私の家庭教師のお名前は、ジェームズ先生。何故、そんなあだ名をつけているのかと言うと、新聞には、知的でまじめなイギリスの先生、そんなイメージがあるからなんです。

そしてね、ときめくだけじゃなくて、毎日感心するの。新聞って、裏も表もびっしり

記事で埋め尽くされていて、間に合わなかったからちょっと白く空けておきます、何ていうずさんなところがないでしょ。しかも、新聞ってあらゆるジャンルのことが書いてあるじゃない。本当にもうたくさんのことを教えていただいて、先生ありがとうございます、って感動のしっぱなしなんです。

私の尊敬する外山滋比古《とやましげひこ》先生が、本は、キッチリ、義務感にかられて読むのではなく、「風のように読んで、風のように考える」っておっしゃっていたのですが、読むときはそんな感じで。一度に全部読むわけではなく、パラパラっと読んで、気になった記事には栞《しおり》をはさんでおいて、後でお茶を飲みながら読んだり、気に入ったところにエンピツで印を付けたり、切り抜いたり。こんなふうに、家庭教師の先生に存分に相手をしてもらっているわけ。

作家の青山七恵《あおやまななえ》先生は、忙しいときは1か月分位まとめてソファーに置いておくそうですが、そのことを知ってから、留守中にたまってしまった家庭教師の先生に「お久しぶりです」と挨拶したりして、まとめて読むと、何だかとっても楽しくて、ワクワクすることに気づきました。

パプリカ娘

友人の結婚式に出席するために、ハンガリーのブダペストに行きました。

ハンガリーは食材がとても豊富なところだと聞いていたのですが、市場に行ったら、パプリカがいっぱい吊るしてあったんですね。ソーセージやフルーツ、野菜が並ぶ上に吊るされた大小さまざまなパプリカは、色とりどりの華やかな花束のようでした。

ハンガリーの冬は相当な寒さで、料理のほとんどにパプリカが使われているらしいんですが、なるほど赤や黄色のパプリカは燃え立つ炎みたい。見ているだけで、からだがポカポカしてくるようでした。

その花束のひとつを思わず買っちゃったんですが、これが部屋にあると、見るたびに元気が出るんです。寒い国では、唐辛子をスープに入れたり、靴の中に入れて、あったかくしたりするって言いますよね。それと同じような作用が、何と！　目からの情報でもあらわれるらしく、パプリカを見ているだけでも血液の循環がよくなってくるみたい。

それだけではなく、目という窓から、パッパッパッと元気が入ってくるんです。

ハンガリーには、食べるパプリカだけではなくて、パプリカのボールペンとかブローチとか、パプリカグッズがたくさんあって、恥ずかしいくらい、いっぱい買っちゃったんです。元気がないなぁ、と思うときは、それを見て喜んでるの。とにかく、元気が出ます。パプリカは今、私の元気の種。そして、さみしい部屋のお守りにもなっています。

帰国してから「パプリカ娘」というイラストも描きました。その後、「パプリカ」っていう歌が巷で流行っていると教えてもらって、ワァーッって思ったのですが、その歌のように、この絵を見た方に元気が届くといいな、と思っているところです。

リヨンの街の香り

パリに行ったのですが、このときのパリは猛暑で、日中は40℃位、夕方になると45℃位あったんです。パリの街は石畳だから、街中、石焼き状態でした。

普段、そこまで暑くならないから、パリの一般の方々の住まいに冷房はないらしいんですね。ですから、涼を求めて外に出て扇いでいる人がいたり、街を救急車がヒュンヒュン行き交っていたり、本当に大変な様子でした。

そんな中、『星の王子さま』の作者、サン＝テグジュペリの銅像を見るためにリヨンに行ったんです。リヨンはパリから離れていますが、やっぱり暑かったの。灼熱の太陽が照りつける中、どこからか心地いい風がスーッと吹いて来て、息を吸い込むと、その中にすがすがしいラベンダーの香りが混じっているのがわかったの。

この本の「お気に入りの詩」で紹介している北園克衛《きたぞのかつえ》さんの「朝の手紙」の詩の一節みたいに、ボンジュウルも言わずにフレッシュな香りが漂って来たわけ。それが涼やか

な気分にしてくれて、暑さも、旅の疲れも抜けて行きました。

リヨンはラベンダー畑が有名ですが、街の中の角々に小さなラベンダーの茂みがあって、吹き抜ける風が、そのラベンダーの香りを運んでいたんです。何だか気が利いているでしょう。うっとりしていると、そよ風の中から『星の王子さま』の、あの小さな笑い声が聴こえたような気がしました。

わたしにとってのリヨンは、ラベンダーの風が流れ、ラベンダーが香る街。街中のすみっこにある小さなラベンダー畑とその香りを運ぶ風が、参ってしまいそうな暑さを一瞬、忘れさせてくれました。

暑い夏にはひと吹きのラベンダーの香りを。これはリヨンの街での小さな発見でした。

モーメント＝瞬間

私は拾いもの名人とでもいいましょうか、本当にたくさんのものを拾うわけですが、ここでは最近のことばの拾いもののお話を。

この前、『清流』（清流出版）という雑誌で熊井明子さんと対談させていただいたんですね。そのときに印象に残ったのが、熊井明子さんが教えてくださったチャップリンの映画「ライムライト」のお話。初老の喜劇役者を演じたチャップリンが、足を痛めて「希望なんてない」と嘆く失意のバレリーナに「希望がなくてもいい。モーメントを生きろ！」と言ったんですって。昔、この映画はみたことがあるものの、このシーンは記憶になかったので、とても感動しました。

私たちは、人生をストーリーでとらえてしまいがち。「あんなことがあって、こんなことがあって、それで今は」とか、「朝は元気だったけど午後はとても疲れた」とか。そういう流れではなく、モーメントでとらえ、モーメントで生きるって大切だなぁ、と思いました。

1日をとってみたって、朝、知らない人に挨拶して、すてきな笑顔を返してもらったとか、落とし物を拾ってあげてすごく喜んでもらえたとか、花がきれいに咲いていたとか、そうしたことは、ささやかかもしれないけれど、喜びに満ちた瞬間だと思うんですね。そういう瞬間、瞬間を拾い集めれば、すてきなモザイク模様やコラージュができるんじゃないかしら。

キラキラした瞬間、感動した瞬間というのは、1日の中にいっぱいあるし、すてきなことも山ほどあるわけで。ありふれたように思える1日でも、実は毎日毎日ちがっていて、いろいろな風が流れ、いろいろな光が差し込んでいると思うんですね。

どんな状況の中にも、あっ、と思うきらめきのかけらのような瞬間はいっぱいあるわけだから、それを見落とさないように。目や、耳や、心がとらえた瞬間を集めたモザイクやコラージュは、きっときっと、生きる光になると思います。

あとがき

もしも、魔法使いになれたらて・・・
少女は、おそらく、みんな ひそかに
あこがれました。
ホーキにまたがり黒いマントをひるがえして
自由自在に、夜空を飛びまわるんです。
必要なものは、パッとつかまえます。
いろいろな才能を身につけているので・・・
キキイッパツの時もふしぎな おまじないを

となえて、たちまち出現します。
大ナベで茶木茸入り ふしぎスープをトロリトロトロ

ところで・・・

魔法って何でしょう??
まわりを見わたすと・・・キラキラキラ
魔法の星くずがいっぱいあふれているではありませんか。
それは、私たちひとりひとりの、ごくごく個人的な
生活の中に、経験の中にかくれていました。
その貴重な、経験という魔法を
自由自在に使いこなしたいものです。
自分が「魔法使い」と気づいていないあなた
じつは、世界にひとりの、スペシャルな、何でもできる
魔法使いであることに今から気づいて下さいネ

著者紹介

田村セツコ *Setsuko Tamura*

イラストレーター・エッセイスト
1938年、東京生まれ。B型。みずがめ座。高校卒業後、銀行OLをへて松本かつぢの紹介でイラストの道へ。1960年代に『りぼん』や『なかよし』の〈おしゃれページ〉で活躍。1970年代には全国十数社と契約を結び〈セツコ・グッズ〉で一世を風靡する。詩作やエッセイも手がけ、著書多数。1980年代には名作物語の挿絵を描き、「おちゃめなふたご」シリーズ（ポプラ社）がロングセラーとなる。サンリオの『いちご新聞』では1975年の創刊以来、2020年現在も〈イラスト&エッセイ〉を連載中。現在はコラージュ技法を使った作品を精力的に手がけ、年に数回、個展を開催。講演会、トークショーなどで女性に元気を与えつづけている。

編集協力　早川茉莉

増補新装版
あなたの魔法力を磨く法
おちゃめな生活

2016年1月30日　初版発行
2020年1月20日　増補新装版初版印刷
2020年1月30日　増補新装版初版発行

著者　田村セツコ
発行者　小野寺優
発行所　株式会社河出書房新社
〒151-0051
東京都渋谷区千駄ヶ谷2-32-2
電話　03-3404-1201（営業）
03-3404-8611（編集）
http://www.kawade.co.jp/

デザイン　清水肇（prigraphics）
組版　株式会社キャップス
印刷　三松堂株式会社
製本　大口製本印刷株式会社

Printed in Japan　ISBN978-4-309-02854-5